소규모 혁신학교
행정실장의 1년

소규모 혁신학교
행정실장의 1년

저자 곽진규

바른북스

프롤로그

나는 서울의 공립 초등학교에 있는 행정실장 중 한 명이다.

2018년 7월 1일 자로 10년 만에 처음으로 서울 공립 초등학교 행정실장이 되었다. 서울시교육청 관내에는 강서양천, 남부, 서부, 중부, 동작관악, 강남서초, 강동송파, 동부, 성동, 성북, 북부 등 11개 교육지원청이 있다. 첫 초등학교 행정실장은 각 교육지원청마다 다르다.

그런데 경험을 해 본 사람은 행정실장의 직책을 기피한다. 그냥 직원이었으면 하는 사람도 많다. 왜냐하면, 행정실장이라는 보직만 있고, 그에 따른 수당은 없으면서 각종 감사 때 행정처분을 받을 가능

성이 가장 많기 때문이다. 그 이유는 회계부서이기 때문이다.

행정실장은 학교의 운영위원회, 공사, 예결산, 시설관리, 재산관리 업무를 하고, 보통 행정실에는 직원이 두 명 있는데 한 명은 급여와 지출업무, 한 명은 수납, 기록물관리, 병설유치원 업무를 맡는다. 행정실은 교육활동이 추진되기 위한 모든 지원을 하고 있다. 그런데도 불구하고, 미디어에서는 좋지 않은 모습만 비치고 있다.

그래서 행정실장에 대한 오해를 해소하고, 행정실장이 학교에서 어떤 역할을 하고, 어떤 업무를 추진하고 있는지에 대해서 사람들에게 알려 주기 위해서 일기를 쓰게 됐다.

이 일기로 인해서 사람들이 행정실장에 대해 조금 더 알아 갔으면 한다.

목차

재정

근무환경

시설물

협의회

인사발령

종합감사

교육공무직원

운영위원회

적극행정

신규공무원 멘토링

평생교육

공영형 유치원 컨설팅

재 정

모든 공공기관이 그렇듯 학교에도 학교회계가 존재한다. 학교회계가 존재하므로 전산에 예산, 계약, 지출, 징수, 수납업무를 입력해서 처리한다.

이 업무를 학교 행정실에서 처리한다. 그런데 학교 행정실은 3명이 근무한다. 그럼 이 3명이 학교회계 처리 전반에 대한 처리를 해야 한다.

보통 행정실장이 예산과 큰 계약, 차석이 작은 계약, 지출, 급여 그리고 나머지 한 사람이 징수, 수납업무를 처리한다. 유치원이 있으면 나머지 한 사람이 징수, 수납, 유치원 지출, 수납업무까지 처리한다.

예산은 전년도 12월부터 시작되는데, 그때 계획을 수립하고, 각 부서 예산요구서를 수합한다.

1월에 학교운영비 자료가 온다. 그럼, 학교운영비 + 자체예산(이자수익, 시설사용료)보다 예산요구서 금액이 많으면, 예산조정회의를 거쳐 조정을 하여 본예산을 수립한다.

그 이후에 예산을 변경하는 것을 추가경정예산이라고 한다. 그건 큰 예산이 필요하거나, 어디 예산이 부족할 때, 8월에 기본운영비가 최종 확정될 때, 연말에 사업비가 남아서 그 불용액으로 환경개선공사를 해야 할 때 한다.

유치원 예산조정 회의

예산조정 회의는 세입과 지출을 일치시키는 작업이다. 세입은 유치원으로 들어오는 금액이고, 지출은 학교에서 나가는 금액이다.

예산에서 세입과 지출은 일치해야 한다. 예산은 1년 치 학교회계의 계획이고, 사업계획이다.

올해 유치원 예산은 세입 금액과 세출 요구 금액이 일치하여 조정할 것이 없어 무난하게 잘 끝냈다.

초등학교
예산조정 회의

초등학교 예산조정 회의를 하는 날에는 출근하자마자 자료를 작성하느라 정신없다.

유치원은 부서가 교무부 하나 있지만, 초등학교는 여러 부서가 있고, 보통 세입보다 더 많이 예산요구를 해서 조정해야 할 일이 많기 때문이다.

회의는 부서별로 이견 조율하는 방식으로 진행됐다. 교무혁신부부터 시작됐다. 다행히 우리 학교는 혁신학교 예산이 있어서 예산 조정에 큰 어려움이 없었다.

자료에 지출액과 잔액도 표기해서 조정하는 데 참고하도록 했더니 자연스럽게 조정 분위기가 형성되었다.

그래도 회의는 1시간 30분 진행됐다. 그래도 큰 문제 없이 훈훈하게 마무리됐다. 이제 운영위원에게 안건을 보내면 된다.

예산(안) 제출

예산안 제출 마지막 날이다.

예산안 편성 결재를 맡고, 예산안 등록을 하고, 오류를 검증한 후 결재를 상신한다. 그리고 그 후에 학교운영위원회에 제출했다.

통상 당해 연도 1월 29일까지는 운영위원회에 제출하게 되어 있다. 우리 학교는 병설유치원이 있어서 그 작업을 한 번 더 해야 한다.

유치원이 있는 학교는 같은 업무를 두 번 해야 할 때가 많다.

유치원 예산(안) 심의

유치원 예결산 소위원회 및 운영위원회 심의가 있다.

예산은 회계용어가 많아 유치원 학부모 위원이 많이 어려워한다. 잘 해석해 드리지만 그래도 학부모 위원은 어려워한다.

교육경비보조금 신청 안건도 제안설명을 했다. 초등학교와 유치원 화장실 리모델링 공사를 하기 위해서 구청에 예산을 신청한다는 내용이다.

우리 병설유치원에서 1층 화장실로 물이 새고, 유치원은 구조가 맞지 않아 원생들이 불편해서 환경개선공사를 하기 위해 예산을 신청한다는 내용이다. 목적이나 취지에 학부모 위원도 동감하여 원안대로 통과되었다.

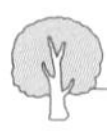

회계를 마감하다!

보통 공공기관은 12월 31일에 회계를 마감하지만, 학교는 학기제로 운영하기 때문에 2월 28일에 마감한다.

3월 1일~다음 해 2월 28일까지 운영된다. 2월 28일까지 모든 원인행위(지출의 원인이 되는 행위)를 마감해야 한다. 그리고 출납 정리 기간이 있는데, 이 기간에는 원인행위는 못 하고, 지출결의만 할 수 있다. 이 기간은 3월 20일까지이다.

그런 회계 마감일이 3일 남았다. 그때까지 사용하지 못한 예산은 불용되며, 불용액이 과다하면, 다음 해 기본운영비에서 삭감처리된다.

그래서 삭감되지 않기 위해서 학교는 최대한 예산을 사용한다.

우리 학교도 1월부터 이월금을 파악하며, 돈을 사용했지만, 그래도 예상보다 돈이 많이 남는다.

다행히 예상했던 것보다 많지는 않다. 그래서 영어교실 책상을 더 구매하기로 했다. 영어교실 책상은 돌봄 2실에 있는 제품과 같은 제품으로 구매하기로 했다. 3월 20일까지 납품 가능 여부를 타진하고, 납품 및 지출을 할 수 있어 계약하였다.

그래도 돈이 더 남아 보안관실도 교체하기로 했다. 전에 견적을 받은 것이 있으니 추진에는 어려움이 없었다. 발주를 넣고 도면을 확인하였다.

내일이면, 회계가 끝난다. 잘했건, 못했건, 내일 끝난다. 마지막까지 힘내자.

회계
마감 당일

회계 마감 당일에는 수익자부담비, 목적사업비 예산을 실제 징수액과 맞추는 작업인 간주 추경을 시행한다.

학교운영위원회 사전 심의를 받지 않으며, 다음에 보고해야 한다.

그리고 이 작업을 초등과 마찬가지로 유치원도 실시했다. 그리고 직원들이 계속해서 지출 원인행위 작업을 했다.

이 작업을 밤 11시쯤 끝냈다. 교장 선생님도 자택에서 11시나 돼서 컴퓨터를 끌 수 있었다.

병설유치원 재정연수

병설유치원은 항상 가동하기 때문에 연수를 갈 형편이 못 된다. 그래서 행정실 자체적으로 연수를 하기로 하였다.

방법은 우리 학교 행정실에서 만든 '누구나 할 수 있는 행정실 업무 리플릿'을 바탕으로 연수를 추진하였다.

연수 분위기는 정말 좋았다. 다들 너무 좋다고 연신 내뱉었다. 유치원에서도 이런 연수가 처음이어서 좋았다고 하였다. 이번 기회를 통해서 유치원과 행정실 간 소통, 업무에 대한 조율과 소통이 너무 좋았다고 하였다.

연수 방식은 내가 큰 틀을 설명하고, 질의응답은 실무자가 답변을 해 주는 방식으로 추진했다. 내가 선불리 대답했다가 다음에

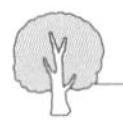

업무 담당자가 난처해질 수 있는 사례를 예방하기 위해서이다.

연수 시간은 예상했던 30분보다 2배 더 걸린 1시간 10분이 걸렸다.

그만큼 분위기도 좋았고, 내용도 알찬 연수가 되었다.

병설유치원 재정연수

감액 성격의
추가경정예산

8월에 학교운영비 예산이 확정이 됐는데, 우리가 애초 잡은 학교운영비보다 작아 감액을 해야 한다.

사업이 끝나서 잔액이 남거나 사업이 폐기된 사업에 대해서 담당 부장과 협의를 하여 감액하였다.

계약 MISS

집에 가는 길에 갑자기 내일 체험학습 가는데 버스 2대가 가야 하는데, 1대만 계약됐다는 연락을 받았다.

올해 초에 체험학습 목록을 받았는데, 일부가 누락된 것이다. 눈앞이 깜깜해졌다.

아는 버스업체들에 연락을 취해서 버스들을 알아보았다.

다행히 한 업체가 가능하다는 연락을 받아서 계약을 체결하였다.

학교회계 집행 인센티브

얼마 전 본청에서 집행률 80% 이상을 집행하면 기본운영비 인센티브를 부여하겠다 했다.

소규모 학교인 우리 학교는 인센티브가 절실하다. 기본운영비가 낮기 때문이다.

그래서 사용할 예산은 모두 집행해서 받기로 했다.

오늘 천오백만 원 가까이 지출하니까 집행률이 79% 나왔다.

아직 기간이 남아 있기 때문에 1%만 초과하면, 인센티브를 받을 수 있다.

학교회계 집행 인센티브 우수학교 선정

퇴근할 무렵 집행률 우수학교 알림 공문이 왔다.

그동안 추가경정예산을 통해 세입액과 예산액을 맞추고, 열심히 지출도 했으므로 기대를 했다.

다행히 우리 학교가 포함되어 있었다. 이것으로 기본운영비를 추가로 지원받을 수 있다. 비품도 사고, 인건비 부족한 것도 채워 놓고, 협의회도 할 수 있다.

교장 선생님께 '학교회계 집행실적 우수학교'로 선정되었음을 알려 드렸다. 그리고 집행계획에 대해서도 말씀드렸다.

교장 선생님은 환경개선비를 제안하였다. 그래서 나온 집행계획은 비품구입비, 교육공무직원 인건비 부족분, 협의회비, 환경개선비로 집행하기로 하였다. 비품구입은 업무용 책상을 구매하기로 하였다.

교무실과 행정실 책상을 교체하기로 하였다.

교무실에서는 거기에 파티션도 요구하였으나, 예산이 부족하여 거부하였다.

오후에는 견적을 산출하기 위해서 업체에서 방문하였다. 교감 선생님께서는 처리가 빨라서 좋아하셨다.

그런데 또 문제가 생겼다. 공공요금이 부족하게 생겼다. 공공요금은 현재 남을 만한 곳에서 보충하기로 하였다.

내년도 예산편성계획(안) 수립하다!

유치원 예산편성계획, 예산교육, 의견수렴 기안을 하였다.

이제 다음 주 일요일까지 예산편성 전에 학부모와 학생의 의견을 수렴해야 한다.

그 이후 학부모와 학생의 의견을 반영해서 부서에서 예산편성 요구서를 제출하고, 1월 9일에 서울시교육청에서 기본운영비 교부계획이 내려오면, 예산조정 회의를 하고, 회의 후에 예산(안)이 마련되고, 그것을 운영위원회 심의가 통과되면 2020학년도 본예산이 성립된다.

혁신학교 예산교부 방법이 변경되다!

서울시교육청 혁신학교 교직원 교육에 참가했다.

주요 쟁점은 혁신학교 예산이 목적사업비로 편성되었는데, 이제 기본운영비로 편성된다는 것이다.

차이점은 전에는 목적사업비는 추가경정예산 성립 전 예산을 통해 바로 사용이 가능했다면, 이제는 운영위원회 심의를 받아야 한다.

그렇게 되면 바로 사용이 힘들고 한 달 정도 기다려야 한다.

그렇게 되면 운영위원회를 해야 하는 횟수도 늘고, 아마 매번 추가경정예산을 해야 할지 모른다.

성립 전 예산이란 추가경정예산이 성립되기 전 사용할 수 있는 예산을 말한다. 운영위원회 심의하기 전에 예산을 변경할 수 있다. 이것은 목적사업비나 수익자부담비만 가능한 예산이다.

그런데 이제 기본운영비로 교부되면, 추가경정예산을 통해서만 변경할 수 있다.

근무환경

행정실의 근무환경은 상당히 열악하다.

학교는 교육공무원, 기간제 교사, 교육공무직, 지방공무원 등 다양한 직종이 근무하는 기관이다.

노무사 말에 의하면, 학교만큼 다양한 직종이 근무하는 기관도 없다고 한다.

지방공무원이 가장 적다. 시설, 예산, 징수, 수납, 지출, 결산, 세금관리 그리고 유치원의 위 업무를 또 한다.

그런데도 평균 3명이 근무한다.

그래서 가장 힘이 없는 부서 중 하나이다.

직원의 빈자리

오늘 한 분은 유연근무라 9시 10분에 오시고, 한 분은 병원에 다녀와야 해서 9시 10분까지 혼자 행정실을 지키면서 전화도 받고, 교직원들의 예산 사용 질문에도 답해 주고, 내 본연의 업무도 했다.

우리 학교의 행정실은 세 명이 근무한다. 행정실장, 급여 및 지출 업무 담당자, 징수와 수익자부담비 그리고 유치원 회계를 담당하는 사람.

이렇게 총 3명이다.

그래서 행정실은 혼자 근무해야 하는 일이 종종 있다. 오늘은 두 분이 모두 안 계셔서 행정실에서 혼자 근무한다.

조리 종사원 처우 개선수당 요청 공문이 내려왔다. 다행히 어려운 내용이 아니라서 내가 제출하였다.

내일은 내가 연가이다. 그래서 수납 담당 선생님 혼자 근무해야 한다.

학급 수가 적은 학교는 이 부분이 힘들다. 한 명만 더 행정실에만 배치돼도 이 부분은 해결될 수 있다.

송별회

오늘은 송별회가 있는 날이다.

보통 교육공무원 즉, 교사는 5년마다 이동한다. 반면에 교육행정직은 짧게는 2년 많게는 3년까지 근무할 수 있다.

이유는 교육행정직은 계약업무를 담당하기 때문에 오래 근무하면 업체와 결탁할 수 있다는 것이다.

하지만, 지금은 사회도 많이 바뀌었고, 김영란법도 생겨서 그런 경우가 없으니, 이제는 늘려도 될 법하다.

이임 인사를 하면서 하나같이 눈물을 흘렸다.

나는 그런 적이 없어서 그런 모습을 보면서 부러웠다.

우리 교육행정직 공무원은 재정업무를 주로 하다 보니 그러한 경험을 겪을 수가 없어서 안타깝다.

시설물

학교에는 여러 가지 시설물이 있다.

교사동, 체육관, 강당, 증축교실, 일반교실, 특수학급, 특별교실, 방과 후 학교 교실, 교과실, 교무실, 행정실, 저수조, 전기시설, 가스시설, 소방시설, 폐기물처리장, 급식실 등 여러 가지 시설이 있는데 이 모든 시설을 행정실장이 관리해야 한다.

사고가 나면 행정실장이 모두 책임을 져야 한다. 그러나 그 책임에 대한 수당은 받지 못하는 것이 현실이다. 그러나 사고가 나면, 행정실장의 승진이나 급여에 피해가 된다. 그래서 행정실장은 항상 주의를 기울여 사고가 나지 않도록 해야 한다.

그리고 틈틈이 공사하여 사고를 예방해야 한다. 행정실장은 시설물 보수도 철저히 하고, 리모델링 같은 환경개선도 열심히 해야 한다.

그러나 행정실장은 시설물 전문가가 아니다. 그래서 몸소 부딪치며 배우게 된다.

그러다 보니 처음에는 무지하여 감사에 지적이 되는 사례가 발생한다.

체육관
방음문 완성!

오늘 드디어 체육관 방음문을 완성했다.

큰 산 하나 넘었다. 이제 영어교실 시트지 디자인을 선택해야 한다.

그리고 영어교실 책상과 걸상 그리고 도서실 의자, 교문 도색 등이 남아 있다.

체육관 방음문

하루에 3가지 시설물 회의를 하다!

출근하자마자 주말에 공사한 체육관 방음문을 살펴보았다. 문이 무거웠다. 문이 무거우면 학생이나 교직원이 문을 열기가 어려우므로 문을 가볍게 할 수 있는 방안을 부탁하였다.

이번에는 후문 계단에 균열이 발생하여 업체가 살펴보러 왔다. 철거 후 재시공해야 한다는 답변을 받았다. 우선 학교에서 할 수 있는 조치를 하고, 교육시설관리본부에 연락해서 보수 받았다.

세 번째로 내진 설계용역 업체에서 왔다. 다른 건 문제가 되지 않는데, 코어채취가 가장 큰 문제였다. 우리 학교는 최근에 디자인 도색을 했는데 코어채취를 하기 위해서는 벽을 뚫어야 채취를 해야 한다. 그렇다면 디자인 도색에 해가 가기 때문이다. 결국 주 계단 외 다른 두 계단에 코어채취를 하기로 했다.

또다시 시작된 마라톤 회의

출근하자마자 다시 방음문을 보았다.

어제 몇 가지 수정사항을 요구했던 것이 반영되었나 보았다.

그러나 아직 문은 무거웠다. 영어교실 시트지 수정본이 나왔다. 오후에 담당 부장님과 다시 회의하기로 했다.

서울시에서 운동장과 체육시설을 교체해 준다고 해서 신청서를 제출했다. 우리 학교는 운동장 곳곳이 파인 곳이 많아서 마침 교체를 해야 하는데, 잘 되었다. 꼭 선정될 수 있도록 신청서에 많은 노력을 기울였다.

오후에는 영어교실 시트지 수정본 회의를 했다. 영어교실 게시

판에 지도가 들어간다. 그 게시판에 들어가는 지도가 가리키는 지점과 각 지점에 해당하는 사진 변경이 필요해서 수정해야 한다. 빨리 끝났으면 좋겠는데, 언제 끝날는지 모르겠다.

그 회의가 끝나고 다른 학교에서 전출한 원어민 교사 물품을 전 학교에서 인수받았는데, 그 학교가 당시 원어민 교사가 없어서 모두 인수했는데, 이제 발령이 나서 돌려줘야 한다.

그거에 대해서 해당 학교 실장님과 이야기하기로 했는데, 잠시 후에 전화한다고 했는데 연락이 없다. 직원에게 혹시 전화가 오면 내 휴대폰 번호 알려 주라고 하고, 나는 우리 학교 학생들의 졸업식을 준비하러 갔다.

졸업식 준비는 작업은 바닥 까는 것과 의자 설치하는 작업이었다. 이 작업은 일손이 많이 필요해서 전 교직원 남자가 동원된다. 다녀와서 체육관 방음문 교체 회의를 했다. 방음문에 부착된 유리가 너무 높이 설치되어 있다는 지적이 있었으나, 이 부분은 설치된 대로 사용하기로 했다.

졸업식

졸업식이다.

눈이 오는 졸업식이다.

우리 학교에는 일산, 파주, 검단 쪽에 사는 교직원들이 많다.

그래서 눈이 오는 날에는 길이 막혀 몇 시간을 걸려서 오는 사람들이 많다.

졸업식 날 눈이 와서 나는 보안관과 같이 눈을 쓸었다.

조금 후에 시설관리 담당 직원이 와서 같이 염화칼슘을 뿌려 가며 눈을 쓸었다.

책걸상 관리전환

우리 학교는 학생 수가 점차 감소하여 책걸상 여유분이 매년 늘어나고 있다.

이제는 창고도 부족하다. 그래서 관리전환을 하기로 했다. 관리전환이란 A 학교에서 버리는 물품을 B 학교가 필요하면, B 학교가 운송료만 내고 가져가는 제도이다.

다행히 양천구 학교에서 가져가기로 했다. 그 학교는 학생 수가 계속 증가하여 책걸상이 많이 필요한 상황이라, 가져가신다고 했다. 그 학교는 예산 절감을 할 수 있는 기회가 된다.

오늘은 관리전환 하는 학교의 실장님도 오셨다. 마침 아시는 분이라 대화도 하고, 책걸상 상태도 보고, 업무 처리 과정도 같이 살폈다.

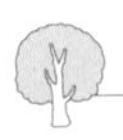

보안관실 교체와 감사장 설치

출근하고 보니 보안관실을 설치하고 있었다. 지난번 제품보다 더 세련되어 보였다.

보안관님이 전에는 보안관실 공간이 없어 별도 휴게공간에서 휴식하였는데, 이제는 보안관실에서 쉴 수 있게 되었다.

감사장도 설치를 시작하였다. 노트북을 설치하는 줄 알았는데, 데스크톱 컴퓨터로 설치한다고 하였다.

그래서 한 사람당 테이블 두 개가 필요하다.

보안관실

체육관 화장실이 더러워지다!

출근하자마자 체육관 화장실로 직행했다. 바닥에는 검은 얼룩이 묻어 있었고, 화장지도 바닥에 많이 버려져 있었다.

체육관을 배드민턴 하시는 분들이 사용하지만, 그분들은 평일에도 나오기 때문에 그분들이라면, 평일에는 깨끗하여서 배드민턴은 아닐 것이다.

그러면 주말에 주차장을 사용하시는 분들이 체육관 화장실도 이용하는지 파악해 봐야겠다.

교육환경개선사업을 신청하다!

9일까지 교육환경개선사업을 신청해야 한다.

교육환경개선사업이란, 교육청에서 추진하는 시설개선사업이다.

무조건 신청할 수 없고, 정해진 소요 연수가 지난 사업에 대해서 신청할 수 있다. 개별 항목에 따라서 순위가 부여되고, 예산에 따라서 정해진 순위대로 공사가 추진된다.

우리 학교는 바닥 교체와 교실 출입문 교체를 신청했다. 개교 이래 바닥 교체와 교실 출입문 교체를 한 적이 없었다.

그래서 이번에 신청하는데, 반영될지 모르겠다.

급증한 전기 사용량

공공요금 지출 업무 담당자가 전기요금을 상신하였다.

사용량이 작년 동월 대비 3천이나 올랐다.

시설관리 담당 직원이 분석해 보니, 4월 1일~4일까지 많이 사용한 것으로 분석됐다.

시간은 학교 근무 시간으로 문제는 없었다.

다만, 작년 동월보다 상당히 추웠기 때문으로 파악되었다.

민원 전화 한 통

출근하자마자 전화 한 통을 받았다.

우리 학교 나무 때문에 지나가기 불편하다는 내용이다.

우리 학교 시설관리 담당 직원이 처리하였고, 추가로 구청에 가지치기를 요청하였다.

잠시 후에 승강기 안 CCTV 설치공사를 시작하였다.

승강기 안에 CCTV를 설치하기 때문에 오늘 사용이 불가능하다고 메시지를 보냈다.

작업은 다행히 오전 중에 끝났다.

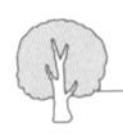

누수탐지

우리 학교는 몇 년 전부터 유치원에서 1층으로 누수가 되고 있으나, 해결하지 못하고 있다.

오늘은 재량휴일이지만, 누수탐지를 하기 위해 업체에서 왔고, 나는 업체에서 하는 것을 지켜보고 있다. 지난주 토요일부터 계속 누수탐지를 하고 있으나, 찾는 데 실패했다. 소소한 건 찾았다.

휴일에 누수탐지를 한 이유는 평일은 여러 가지 소리가 겹쳐서 누수를 탐지하는 것이 어렵기 때문이다. 근본적으로 누수되는 부분은 찾지 못했다. 누수탐지 업체에서 다시 방문했다. 점검 후 행정실에 다시 방문했다.

지난번 점검 결과 난방 배관 누수는 아니라고 했다. 이번에는 외벽 누수인지 점검한다고 했다. 그런데 시설관리 직원 이야기는 달랐다. 외벽 누수이면 그렇게 매일 누수될 수가 없다는 것이다.

이제 화장실 보수공사 견적서와 도면을 확정하러 왔다. 도면도 보기 쉽게 작성해 왔다. 도면대로 공사내용을 추진하기로 하고, 방학하면 바로 공사에 착수하기로 하였다.

공사는 3일이 소요되었다. 만족할 정도는 아니지만, 2천만 원 가지고 할 수 있는 공사로서는 괜찮았다.

유치원 칸막이 위치를 조정해서 유치원 화장실도 넓어지고 초등학교 여자 화장실 세면대도 설치하여 보기가 좋았다.

현재로서는 누수가 멈췄다. 하지만, 언제 누수가 될까 걱정이 되고 있다.

이제 체육관 옥상에 균열이 발생한 부분을 보완하기 위한 보수공사를 해야 한다. 그 공사가 끝나면 운동장 환경개선공사를 시작해야 한다.

이번 여름방학 때 공사 5개를 추진한다. CCTV 설치공사, 비데 전열공사, 화장실 보수공사, 체육관 옥상균열 보수공사, 운동장 환

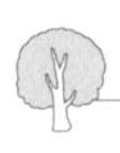

경개선공사.

행정실은 방학이 없다. 오히려 더 바쁘다.

화장실 보수공사

함께 운동장 개선공사를 설계하다!

학생회와의 운동장 교육환경개선 회의를 하였고, 설계사무소와는 교원, 일반직 공무원, 운영위원이 모여서 설계협의를 하였다.

애초 예산 신청을 적게 하여 자체예산을 천오백만 원 정도 투입해야 한다.

다행히 그 정도는 사용 허가 예산과 자체예산으로 충당할 수 있다.

학교는 2천만 원 이상 계약하기 위해서는 설계하고, 나라장터에 공고를 해야 한다.

교육지원청에 있을 때 물품 계약업무를 하면서 물품은 많이 해봤지만, 공사는 처음이었다.

공고하려고 보니, 입력하는 것이 많았다. 그래서 여기저기 물어가며 하였다. 개찰은 다음 주 화요일부터 휴가라서 휴가 전에 개찰하고 싶었지만, 휴가 중에 개찰해야 했다.

공고 일자는 내 마음대로 정하는 것이 아니라 법에 정해진 날짜만큼 공고를 해야 하기 때문이다.

휴가 중에 개찰했다. 다행히 업체 정보를 보니, 시공 능력이 우수한 업체로 조회가 되었다. 그건 다행이었다.

며칠 후 운동장 공사 공고에서 낙찰된 업체의 현장소장이 방문했다. 교장 선생님이 부재중이라서 나와 현장소장만 회의했다. 도면과 현장을 보고 도면에 표시되지 않은 부분을 설명해 주었다.

도면에 나타나지 않는 부분이 상당하였다. 그래도 업체와 잘 상의하였다. 문제는 최근에 법이 개정되어 마사토 시공 전에 시료채취 후 검사를 받아야 착공을 할 수 있다고 한다.

이 기간이 20일 정도 소요된다. 그러면 방학을 훌쩍 넘겨 버린다. 다행히 연구소에서 최대한 빨리 결과를 보내 주기로 하였다. 그러면 공사는 방학 전에 끝낼 수가 있다.

며칠 후 드디어 운동장 환경개선공사 첫 삽을 들었다. 현장소장

과 교장 선생님 미팅이 있었다.

우리 학교 동산 쪽에는 보도블록이 설치되어 있으나 후문 쪽 보도블록이 도면에 반영이 되어 있지 않아서 그것에 대한 협의를 했다.

업체는 할 수 있지만, 배수 효과가 절감될 것이라고 했다. 회의 결과 보도블록을 설치하는 것으로 했다.

그리고 기존에 있던 철봉 경계석을 재활용하는 것으로 설계되었으나 그것도 고무 경계석으로 변경하기로 했다.

설계 변경으로 인한 추가 금액은 자체예산에서 해결하기로 하였다. 다행히 자체예산 여유가 조금 있다.

기존에 있던 경계석은 콘크리트로 깊게 박혀 있어서 재사용이 불가능하다.

업체와 연구소의 적극적인 협조로 운동장 환경개선공사는 개학 전 준공이 되었다.

운동장 개선공사

계속되는
시설공사 협의

행정실장의 일과는 시설 회의로 시작해서 시설 회의로 끝난다.

어디가 고장이 났다. 보수해야 한다. 어디를 개선해야 한다.

자체예산으로 해결할 수 있는 성격이면, 괜찮다. 문제는 큰 예산이 소요되는 부분이다.

그러한 예산은 교육지원청에 요청하나, 시간이 많이 소요된다. 심한 경우 몇 년이 소요되는 경우도 있다.

우리 학교 체육관 바닥이 그럴 것이다. 체육관 바닥이 일어나서 바닥까지 뜯어고쳐야 한다. 업체에서 대충 산출해도 1~2억은 소요될 것이라고 한다. 이런 막대한 예산은 예산 마련에만 수년이 걸린다.

오늘도 마라톤 회의를 이어 갔다. 시작은 유치원 놀이터 앞 CCTV 설치공사부터 시작했다. 이번 주 금요일 CCTV 설치공사를 하는데, 설치 위치를 협의했다. CCTV는 설치 위치가 특히 중요하다.

학교 벽에서 유치원 어린이 놀이시설을 바라보게끔 설치 위치가 선정되었다.

11시에는 체육관 옥상 균열공사 회의를 하였다. 위험이 도사리는 건 아니고 미장균열이라 크게 위험한 것은 아니라고 한다. 그래도 안전이 달린 만큼 보수해야 한다.

개학이 코앞인데,
끝나지 않은 공사

그런데, 소화 배관 보수공사가 끝나지 않았다. 내일이 개학인데 소방 배관 보수공사가 마무리 안 되었다. 개학이 월요일이므로 일요일까지 마무리하기로 하였다.

컴퓨터 교실에서 방과 후 수업을 듣는데, 공사 기간이 얼마 남지 않았다는 이유로 교실 앞에서 합판을 자르고 있었다.

나는 합판 가루가 학생들에게 안 좋으니 밖에서 작업할 것을 요청하였다.

내가 요청한 이후에는 밖에서 작업했다.

여름방학 중 공사 사진

- 체육관 옥상균열공사, 영어교실 개선공사, CCTV 설치공사,
운동장 개선공사, 유치원 화장실 보수공사 -

갑자기 석면 공사?!

청천벽력 같은 전화를 받았다.

내후년 1월까지 유치원 스프링클러 설치를 완료해야 하는데, 스프링클러 공사를 하기 위해서는 천정을 모두 뜯어야 한다.

우리 학교는 석면이 있는 학교라서 석면 공사도 병행해야 한다. 석면은 학부모님들이 예민한 사항이라 충분한 기간을 확보하고 추진하기 위해서 내년으로 미뤄 놨던 것인데, 올해 해야 한다는 것이다.

그래도 다행히 우리 학교 석면은 많은 양이 아니어서 오래 걸리지는 않는 공사라고 했다. 빨리하면 좋기는 하다. 빨리하면 LED도 교체할 수 있고, 냉난방기도 교체할 수 있어서 여러모로 이점이 있다.

석면 공사를 위한 설명회는 학교 설명회가 있는 날 하기로 하였다.

학교는 1년에 두 번 설명회를 개최한다. 학교 교육과정, 학교 교육환경개선공사, 주요 사업들에 대해서 학부모들에게 설명한다.

그래서 많은 준비를 해야 한다. 열심히 준비를 했지만, 설명회 시간이 될 무렵 비가 많이 내렸다. 그래서 안 그래도 적은 학부모인데, 더 참석률이 저조했다.

석면텍스 철거 후 새 텍스를 설치할 업체와 미팅을 했다. 석면 제거업체는 아직 적격심사 중이기 때문에 계약 전이어서 텍스 설치업체와 먼저 미팅했다.

텍스 설치업체 사장님이 직접 오셔서 집기 이전에 대해서 설명해 주었다. 석면텍스 철거공사를 하기 위해서는 집기를 모두 이동해야 하는데, 그 업무는 새 텍스 설치업체가 맡는다.

설비나 텔레비전 같은 큰 집기는 테이프로 밀봉하고 비닐로 감싸기로 했으며, 가구는 3층에 석면 공사를 하지 않기 때문에 그곳으로 이동하기로 했다. 행정실과 시설관리실은 체육관 2층 사무실로 이동하기로 했다.

사장님께서는 잘 협조해 주실 것 같은 믿음이 생겼다. 다행이다. 퇴근할 때 보니까 석면 공사로 인해 물건을 담을 상자가 나도 모르게 배달되어 있었다. 택배업체에서 배달하고 알려 주지 않은 것이다.

나는 내일 출장이 있어서 시설관리 직원에게 택배 상자를 교감 선생님과 협의해서 분배해 달라고 요청하였다.

석면 공사 시기에 평생교육실을 임시 교무실로 이용하기로 했다. 행정실은 그 앞 교실을 사용하기로 했다.

임시 행정실을 살펴봤다. 거기 컴퓨터 책상이 있었다. 나는 그거 쓰면 된다. 직원들은 회의용 책상 두 개씩 총 4개 배치해 놓으면 된다.

방학 날 개인 짐은 나눠 준 상자에 모두 담았고, 상자와 비품들은 모두 체육관에 보관해 놨다.

석면 공사 중 몇 번의 어려움이 있었지만, 잘 헤쳐 나갔다. 그렇게 석면텍스 철거, 새 텍스 설치, LED 설치, 스프링클러 설치가 모두 잘 끝났다.

고마워요.
교육시설관리본부

교육시설관리본부에서 수목 가지치기를 해 준다고. 연락을 받았다.

교육시설관리본부는 서울시교육청 산하 기관이다.

주로 소규모 방수, 보수, 힌지 등 다양한 사업을 지원하여 학교의 어려움을 해소시켜 준다.

오늘 오후에 일정 잡고 알려 준다고 연락이 왔다.

다시 걸려 온 민원 전화

민원 전화가 또 걸려 왔다.

학교 나뭇가지 때문에 주차하기 힘들다는 것이었다.

결국 교장 선생님, 교감 선생님, 시설관리직 선생님, 나.

이렇게 넷이서 그곳을 다녀왔다.

그곳에 가지치기하기로 했다.

가지치기를 하기 전에 그곳에 며칠부터 며칠까지 주차금지 안내문도 부착했다.

갑자기 역류

교무실 싱크대가 역류를 해서 사무실이 물바다가 되었다.

노후된 학교는 이렇게 누수나 보수할 곳이 많이 있다. 이것은 소규모 학교나 대규모 학교나 같은 현상이다. 그런데도 보수비용은 대규모 학교나 소규모 학교나 차이가 없다.

바로 시설물 보수업체를 불렀다. 우선 사용을 금지하고 수도를 막았다. 업체에서 배수관을 교체하고, 청소도 하고 했다.

업체는 행정실 뒤편 맨홀이 있는데 거기 배관 높이가 흐르게 되지 않아서 흐를 수 있도록 높이를 조정해야 한다고 했다.

다시 시작된 누수

또다시 물이 샌 곳이 있다.

매주 1곳씩 물이 샌 곳이 발견된다.

첫 번째는 급식실 가는 곳, 두 번째는 체육관 급수 배관, 이번에는 지난번 화장실 보수공사한 곳에서 물이 새었다. 다행히 이 건은 하자보수 해당 사항이라 업체에 연락해서 하자보수를 받았다.

주말에 와서 살펴보기로 하였다. 다행히 이후로는 누수가 진행되고 있지 않다.

덕분에 누수로 인한 스트레스는 잊고 살고 있다.

협의회

다른 기관과 마찬가지로 우리 학교도 회의가 많다.

교장, 교감, 행정실장 회의

교장, 교감, 행정실장, 부장이 하는 행정실장 회의

지구 행정실장 회의

서울시교육청, 교육지원청에서 하는 외부 회의

사업별 회의 등 다양하다.

나는 경험하지 못했지만, T/F팀도 있다.

T/F팀에서는 여러 기관에 근무하는 사람이 각 분야별로 연구하여 새 정책을 제안한다.

변화에 대한 동의를 구하다!

퇴근 후에 친한 실장님들과 저녁을 먹었다.

이분들과 모이면 조직변화에 대해 많은 이야기를 한다.

그동안 우리 조직은 많은 변화를 추진하고 있으나, 행정실은 변화되지 못한 것이 아쉽다.

오늘은 현재 처리하고 있는 업무(올해 예산 진행 정도)와 진행 중인 조직개편에 대해서 많은 이야기를 하였다.

또한, 내가 쓰고 있는 이 일기에 대해서 이야기를 했다. 이 일기를 통해서 행정실에 대해서 오픈하고, 행정실장이 고민, 어려움, 걱정거리가 많다는 것을 대내외적으로 알려 주자고 하였더니, 많은 부분에 대해서 공감하였고, 필요하다고 많이 이야기해 주었다.

그래도 동의해 준 것을 보고, 내 생각이 틀리지 않았다는 것을 확인받은 셈이 되어 버렸다.

관내 행정실장과의 업무 협의

지금은 방학 중이다.

방학에는 급식을 하지 않기 때문에 인근 식당에서 사서 먹어야 한다.

오늘 점심은 T초등학교 실장님과 함께 먹었다. T초등학교 실장님과는 마음이 잘 맞아서 자주 많은 이야기를 나눈다.

오늘은 우리 학교 적극행정 추진상황에 관해서 의논하였다. 그리고 안성맞춤 청소용역비가 2학년까지 확대되어 업체에게 다시 견적서를 받아야 하는 일, 기타운영비 등록에 대한 방법도 의논하였다.

학교는 이런 일을 주변 실장님들과 의논하여 비교적 빨리 해결되어서 이런 부분은 참 좋다.

지구 행정실장 협의회를 하다!

1지구 행정실장 협의회가 있는 날이다.

각 인근 학교를 하나의 지구로 묶고 있고, 거기 있는 학교의 행정실장은 분기별로 협의회를 한다. 그래서 전달사항이나 굵직한 업무에 대해 협의를 한다. 도움도 받고, 질문도 하고, 답변도 한다.

매년 교장단에서 간사학교를 정하고, 해당 학교 교장, 교감, 행정실장은 간사가 된다.

급하게 장소를 알아보고 섭외하느라 정신없이 오전을 보냈다.

1월 1일 자 인사발령이 있어서 새로운 얼굴들이 많았다. 많은 이야기를 나누었다. 학교공사에 대해서 이야기를 나누었고, 최근에 감사를 받은 우리 학교의 결과에 대해서도 정보를 공유했다.

그리고 통폐합되는 학교와 통폐합 학교의 학생을 받는 학교의 행정실장도 있었다. 통합되는 학교는 증축하고, 시설개선을 하느라 정신없었고, 폐교되는 학교는 물품을 폐기해야 하는 업무에 대해 걱정이 많았다.

우리 학교는 그래도 평온한 편이었다.

나는 우리 학교에서 직접 만든 리플릿을 보여 주며, 학교에서도 이런 사업 한두 개씩 추진했으면 좋겠다는 의견을 내비쳤다.

간사학교 행정실장 협의회를 하다!

지구별 행정실장 협의회가 있고, 간사학교가 있다.

오늘은 간사학교 행정실장만 하는 협의회이다.

안건이 상당히 많았다.

교육지원청에서 실시하는 교육환경개선공사에 대한 내용이 제일 많았다.

우린 아직 문제없이 추진하였으나 다른 학교는 문제가 많은 것 같다.

토론이 있는 행정실 회의를 열다!

우리 학교 행정실은 토론이 있는 행정실 회의를 한다.

지금은 업무가 모두 전산화되어 대화가 많이 감소되었고, 행정실 직원은 출근하고, 퇴근할 때까지 모니터만 보고 일만 해서 서로 업무 공유도 하고, 대화도 하고, 서울시교육청 흐름이나 정책에 대해 토의도 하기 위해서 내가 만들었다.

7월에 인사이동이 있은 후 7월에는 점심을 먹으면서 하였기에 이번이 사실상 첫 회의였다.

처음에는 무슨 말을 할까 몇 자 적으면서 하다가 하다 보니 이야깃거리가 많아졌다.

토론이 있는 행정실 회의

학생회 임원과 회의를 열다!

오후에 학생회 임원들과 협의회를 했다.

이번 학생회 임원들이 많은 활동을 하였다고 했다.

어떤 활동이 제일 기억에 남는지 물어봤더니 당선되고 얼마 되지 않아 실시한 학교 안전 캠페인이라고 하였다.

이번 학생회가 활동을 잘해서 다음 학생회 임원들에게도 봉사하기로 하였다.

인 사 발 령

우리 조직은 7월 1일과 1월 1일 발령이 난다.

내가 처음 발령 났을 때는 3월 1일과 9월 1일이었으나, 변경되었다. 그리고 2년마다 한 번씩 발령 난다. 재정을 담당하기 때문에 순환근무를 해야 한다고 한다.

다양한 기관에 경험해 보는 것도 좋고, 다양한 사람을 만나는 것도 좋지만, 좋은 사람을 만났을 때 헤어져야 하니 그게 참 아쉽다.

실무자였을 때는 몰랐는데, 행정실장이 돼 보니 2년이란 시간이 참 짧게 느껴진다. 1년을 두 번 보내면 끝이다.

교육환경개선사업을 신청에서 선정까지도 3~4년이 소요되는데, 선정되기 전에 내 임기가 끝나는 것이다.

7월 1일 자 인사발령이 나다!

7월 1일 자 인사발령이 났다. 교육청 공무원은 1월과 7월에 정기 인사발령이 난다. 필요에 의해서 간혹 수시 인사발령이 나기도 한다.

우리 학교에서는 이번에 한 명이 이동하고, 두 명이 새로 온다. 한 명은 2년이 지나서 옮겨야 할 때가 됐고, 한 명은 공석이기 때문에 새로 오게 되는 것이다.

우리 교육행정직 공무원은 2년에 한 번씩 옮겨야 한다. 회계업무를 맡기 때문이라고 한다. 이동하는 사람은 2년이 넘었기 때문에 이동해야 할 차례가 되었다.

어제 인사발령이 났다. 새로 오시는 분들은 큰 학교에서 오신다.

그리고 우리 학교 직원은 큰 학교로 가게 되었다.

작은 학교라고 업무가 적은 것이 아닌데, 작은 학교라 사업이 많아서 더 힘든데, 큰 학교로 가게 돼서 안타깝게 되었다.

새로 오시는 분들께서 우리 학교로 방문하였다. 오전에 한 분, 오후에 한 분 오셨다. 좋으신 분 같다.

새로운 사람과의
첫 근무 날

새로운 직원과 첫 근무를 시작했다.

근무를 시작하기 전에 행정실 O.T를 하였다.

학교 소개를 하고, 내가 추진하고 있는 프로젝트를 소개하고, 시설을 한 바퀴 둘러보았다.

업무의 첫 시작은 권한을 부여하는 것부터 시작된다. 모든 것이 전자로 이루어지는 시스템 덕분에 권한을 부여받지 못하면 업무를 못한다.

그래서 담당 선생님으로부터 업무관리시스템 권한을 부여받고, 내가 재정권한을 부여했다.

내년 1월 1일 자 인사발령이 나다!

내년 1월 1일 자 인사발령이 났다.

우리 학교 인사이동 예정자는 1명 있다. 그분은 현재 신설학교로 겸임근무 중인데, 신설학교 겸임근무 하는 사람은 관례에 따라 그 학교로 배치가 되었다.

그런데, 후임자가 발령이 나지 않을 것으로 예상되어, 대체직원 공고를 냈고, 오늘 면접을 보았다.

퇴근 후에는 송별회를 하기로 했다. 교장, 교감 선생님이 출장이라 참석을 못 하신다. 속 이야기도 많이 하고, 재미있는 시간을 보냈다.

가시는 분은 아쉽지만, 신설학교에 가서 열심히 일을 하려고 가는 거니, 어쩔 수 없다.

나 또한 나의 길을 가기 위해서 기존에 있던 기관을 멀리하고 새로운 길을 간 적도 많으니까.

후임자는 발령이 나지 않았다. 공석이 되어 대체직원을 채용했는데, 열심히 일을 해 주기를 바랄 뿐이다.

종합감사

학교는 3년을 주기로 감사를 받는다.

초 · 중학교는 교육지원청 감사를 받고, 고등학교는 시교육청 감사를 받는다.

회계와 학사감사를 받는데, 주로 회계 쪽을 많이 보다 보니, 행정실 내용이 많다.

감사가 예전보다 수위는 낮아지고 있지만, 여전히 감사는 무섭고, 걱정된다.

사람이다 보니 모르고 실수한 게 밝혀질 수도 있으니, 그런 부분이 우려되는 건 사실이다.

감사일정이 발표되다!

정신없는 1월이 지나가고 2월의 첫째 날이 다가왔다.

첫째 날부터 불이 떨어졌다. 감사일정이 잡혔다.

공립 초등학교 첫 번째로 3월 20일~22일까지이다. 3월 20일은 학교의 출납 폐쇄 기간, 지출을 할 수 있는 마지막 날이다. 많이 바쁠 날이지만, 우리는 그날부터 감사를 받아야 한다.

난 여기서 약 8개월쯤 있었지만, 그 전 자료도 모두 감사를 받는다.

하지만, 내 근무 기간에 있었던 서류를 중심으로 볼 것이다.

명절 후부터는 정말 더 열심히 일을 해야 할 거 같다.

감사준비를 위한 회의를 열다!

감사준비를 위한 회의를 했다.

나는 학교에서 감사받은 전력이 없어 감사에 대한 문외한이지만, 교감 선생님은 다양한 경험을 가지고 자신의 노하우를 부장님들께 잘 설명을 해 주었다.

특히 각종 대장에 대해서 일일이 살펴보면서 보완해야 할 점에 대해서 자세히 알려 주시는 모습이 좋았다.

행정실도 이월액에 대한 학교운영위원회 심의 여부를 체크해야 한다는 조언도 해 주었다.

우리 수납 선생님은 부모님께서 쓰러지셔서 지난주 목요일부터

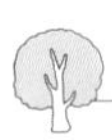

연가 중이다. 상당히 위독하다.

일단 오늘까지만 연가를 사용하고, 내일부터 출근해서, 3월 1일자로 간병휴직을 하기로 하였다.

감사자료를 확인하다!

오늘 감사자료를 교감 선생님과 맞춰 보기로 했으나, 못했다.

현장학습 부분에서 지출액과 가정통신문 정산액이 상이하여 자료 작성이 모두 맞지 않은 상황이어서 맞출 수가 없게 되었다. 그래서 무기한 연기되었다. 다음 주나 되어야 맞출 수가 있을 것 같다.

과목경정 한 자료도 있고, 목적사업비와 합친 자료도 있고, 실제와 상이한 자료들이 많아서 그 사유를 찾아내고,정확하게 자료를 작성해야 했다.

그래야 감사를 나와서 감사관이 질문했을 때 답을 할 수 있기 때문이다.

감사자료를 제출하다!

내일이 감사서류 제출일이다.

아직 서류를 맞춰 보지는 못했다.

아마도 제출일까지도 그건 힘들 것 같다.

예상하지 못했던 자료들이 나타나기 때문이다.

서식에 자세한 설명이 없어서 모르는 부분은 잘 아는 사람에게 물어 가며 하였다.

감사가 시작되다!

드디어 감사 첫날이다.

아침 일찍 출근했다. 교감 선생님께 이야기 들어 보니, 어제 직원들이 새벽 6시까지 서류를 올려놓았다고 했다.

내가 도와줄 걸 그랬다.

오후가 되어 감사실에서 첫 연락이 왔다.

공사 1건에 대한 서류를 요청해서 제출하였다.

그 외에도 서류 몇 건을 찾아 달라고 해서 찾아 드렸다.

감사가 끝나다!

감사 마지막 날은 몇 가지 문제 있던 부분에 대해서 해명을 하고, 보완자료를 제출하는 것으로 오전 시간을 보냈고, 4시쯤 평가회를 했다.

평가회는 컨설팅과 지적사항을 듣고 마쳤다. 이제 결과만 나오면 된다. 나도 이번 기회로 배운 것이 많다.

감사가 예정된 학교에서 연락이 계속 왔다. 감사장 사진과 주요 지적사항에 대해서 알려 주었다.

시설관리 주무관은 말씀드리지 않아도 테이블과 장들을 재배치하였다. 서류는 주말에 수납 선생님이 원래 위치로 돌려놓았다.

교육공무 직원

학교에는 교육공무직원이 있다.

처음에는 학교에서 자체적으로 채용하는 구조였으나, 몇 년 전부터 시교육청에서 직접 채용하고 있다.

하지만, 휴직, 사직으로 인한 공석은 아직도 학교가 직접 공고내서 채용해야 한다. 직종도 다양하다.

교무업무를 지원하는 실무사 및 지원사, 돌봄전담사, 당직전담원, 영양사, 조리사 및 조리원, 사서, 과학실무사 등 학교별로 다양하다.

직종마다 근무 일수도 다르다. 근무 시간도 다르다.

그래서 교육공무직원의 급여는 복잡하다.

교육공무직원 대체직원을 채용하다!

특수학급 업무를 하고 있는 특수교육실무사가 1명을 새로 채용한 지 얼마 안 되었는데, 다른 특수교육실무사 1명도 다른 교육지원청 교육공무직원 공채시험에 합격되었다고 사직서를 제출하러 왔다. 또 새로 채용해야 한다.

교육공무직원 정기채용은 교육지원청에서 하지만, 이렇게 비정기로 하는 채용은 학교에서 한다.

교무실에서 하는 학교도 있고, 행정실에서 하는 학교도 있다. 우리 학교는 줄곧 행정실에서 해서, 나도 이어서 하고 있다. 결원된 인력은 오늘부터 바로 채용 절차를 시작해야 한다.

채용 절차는 채용 공고를 내고 서류와 면접 기준을 만들고 평가를 해서 계약한다. 계약하기 전에 아동학대 및 성범죄 전력 조회를 해야 한다.

오늘 하루 종일 채용 공고문을 만들고 서류 및 면접 기준을 만들고, 담당 선생님들과 일정 등에 대해서 협의를 했다.

며칠 후 특수학급 보조요원 응시원서가 마무리되었다. 그런데 한 명이 접수했다. 1주일에 열네 시간이라 금액이 얼마 되지 않아서 그런 것 같다. 그 한 명도 학교 경험이 없어서 걱정이 되었다.

담당 선생님 수업 시간을 고려하고, 교장 선생님이 내일 오후에 조퇴인 점을 고려해서 내일 아침 일찍 면접을 보기로 했다.

아침 일찍 면접을 봤다. 면접은 한 명이기 때문에 채용이냐 아니냐였다. 면접 결과 특별한 사유가 없고, 잘 해내리라 믿었기에 채용하기로 했다. 채용 결과를 교장 선생님께 보고하고, 채용 절차를 밟았다. 채용 절차는 성범죄와 아동학대 전력 조회를 하고, 이상이 없으면, 채용 계약을 한다.

다음 주 월요일에 채용 계약을 하기로 했다.

교육공무직원과의 현장연수을 가다!

행정실과 교육공무직원의 현장연수를 가기로 한 날이다. 이런 연수 날이면, 행정실은 평소보다 더 바쁘다.

행정실은 오늘 반드시 해야 하는 일이 있다. 그래서 평소보다 2배는 더 바쁘게 일을 해야 한다. 정신없이 일을 하다가 결국 세입 담당 선생님이 일을 제때 못 끝낼 거 같아 연수에는 불참하기로 했다.

양천향교는 경기도 김포시에 위치해 있다가 가양동이 서울에 편입되면서 서울로 넘어왔다. 그래서 서울에 남아 있는 유일한 향교가 되었다. 면적이 넓지는 않다. 서울에 남아 있는 유일한 향교, 그리고 향교의 의미에 대해서 다시 한번 생각하게 되는 계기가 되어서 좋았다.

향교를 구경하고 인근 궁산으로 가서 담소를 나누었다. 그래도 이렇게 담소를 나누고 나니 더 친해진 것 같고, 서로의 이야기를 들어주니 더 정감이 들었다.

양천향교

당직전담원을
직접고용으로 전환하다!

당직전담원에게 8월 말로 계약 기간이 만료된다고 말했다.

당직전담원은 학교에서 직접고용을 해야 한다. 작년부터 도입이 됐다. 직접고용에 따라 정년이 65세지만, 기존 인력은 나이에 따라서 유예 기간을 주었다.

우리 학교는 75세 이상이라 유예 기간이 1년밖에 안 되어서 올해 8월 말이면, 만료된다.

이 내용을 오늘 한 분에게는 전달했다. 다른 한 분에게도 전달할 것이다.

학교 보안관을 채용하다!

학교 보안관도 기존에 일을 하셨던 한 분이 정년이 되어서 새로 채용해야 한다. 오늘 공고를 내었다.

서울시교육청 홈페이지와 서울시 일자리센터에 공고했다. 예상대로 엄청난 인원이 접수했다. 백여 명이 넘었다. 인기를 실감할 수 있었다. 이 백여 명이 넘는 사람에 대해서 객관적 점수를 모두 넣어야 한다. 이 작업이 제일 힘들었다. 이 백여 명 중 3명을 골라서 면접을 봐야 하기 때문이다.

다행히 면접 대상자 3명 모두 좋으신 분이셨지만, 한 명을 뽑아야 했기에 심사숙고해서 채용하였다. 다행히 채용에 대해 문제를 제기한 사람 없이 잘 마무리가 되었다.

운영위원회

모든 학교에는 운영위원회가 있다.

공립학교는 심의기구이고, 사립학교는 자문기구이다.

우리가 속해 있는 공립학교는 필수적으로 받아야 하는 업무가 있고, 운영위원회에서 통과가 안 되면 업무를 추진하기가 어렵다.

운영위원회는 학부모, 교육공무원, 지역위원으로 구성되어 있다. 인원은 학생 수마다 상이하다. 우리 학교 같은 경우는 학부모 4명, 교육공무원 3명, 지역위원 2명 총 9명으로 구성되어 있다.

이 운영위원회는 교육에 관심이 많은 지역일수록 운영위원회가 적극적이다.

운영위원의 임기는 2년인데, 자기 사정에 의해서 그만두기도 하고, 교육공무원은 전보, 학부모의 경우에는 전학이나 졸업에 의해

서 그만두기도 한다. 그래서 거의 매년 선출업무를 해야 한다.

선출업무는 법적으로 해야 하는 일자에 속하는 업무가 있다. 그리고 안건이 있을 때마다 안건을 수합해야 하고, 회의 일주일 전에 이 안건을 출력해서 위원에게 보내야 한다. 그리고 홈페이지에 올려야 하고, 홈페이지에는 공고문과 안건발의서도 같이 올려야 한다.

회의 당일에는 회의록을 작성해서 다음 임기 때 승인받아야 한다. 그리고 회의 결과도 올려야 한다.

이 운영위원회를 1년 보통 10번 한다. 그러니까 방학을 제외하면 1개월에 한 번은 한다고 보면 된다.

개학 전 마지막 운영위원회 회의를 열다!

오늘 학교운영위원회는 총 11건이다. 상당히 많은 편이다. 아마 4월까지는 안건이 많을 것이다. 4월까지 학교의 교육계획이 집중되기 때문이다.

9명 중 5명이 참석을 못 하면, 학교운영위원회 성원이 되지 않아, 회의를 다시 열어야 하나, 지역위원 1명, 교원위원 3명, 학부모 위원 2명이 참석해 성원이 되었다. 이날 회의를 못 열면 예산심의 법정 기일을 못 지키게 돼서 큰일이 나지만, 그런 일은 발생하지 않았다.

1시가 돼서야 11건이 모두 처리되었다. 오후에는 부랴부랴 추가경정예산 기안과 내년도 본예산을 기안하고, 학교 홈페이지에 운영위원회 회의 결과를 공개했다.

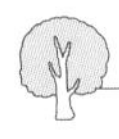

학부모 위원 선출관리위원회 회의를 열다!

10시에 학교운영위원회 학부모 위원 선출관리위원회 회의가 있었다. 이번에는 학부모 위원 중 자녀 학생 졸업으로 결원이 발생하여 새로 선출해야 할 상황이 발생하였다. 그래서 선출관리위원회를 소집하게 되었다.

일정과 업무 분장에 대해 소개를 했다. 선출 공고를 내고, 입후보자 등록을 접수받고, 선거인명부를 작성하고, 결격사유를 조회하고, 정원에 맞게 입후보자 등록을 하면 직접투표를 하지 않는다는 내용과 함께 이에 대한 업무 분장을 알려 드렸다.

오후에는 학교의 예산을 학교운영위원회 심의를 하기 전, 예결산 소위원회를 개최해야 하는데, 이에 대한 자료를 찾기가 어려워, 전임 실장님께 연락을 드렸는데, 흔쾌히 오셔서 찾아 주셨다.

양면복사로 해서 내가 좀 찾기 어려웠던 거 같다. 다행히 자료는 모두 있었다.

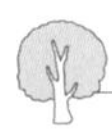

1학기 첫 운영위원회 회의를 열다!

학교운영위원회 안건이 16건이 있는 날이다. 학기 시작 전 회의보다 더 많은 양이다.

아침부터 최종적으로 불참자를 확인하고, 제안자에게 순서를 알려 주고, 자료를 인쇄한다.

이번 주부터 학교운영위원회 밴드를 개설했는데, 이런 점에서 유용하게 쓰였다.

자료를 보완해야 하니, 자료를 가지고 오지 말라는 것, 시간 확인 같은 점에서 유용하게 쓰였다. 이번에 보궐 선출자가 2명 있어서 이분들에 대해 연수를 먼저 시작했다. 개념, 연혁, 회의 진행 절차에 대해서 설명을 해 주었다.

오늘은 운영위원회 위원장을 선출하는 날이다. 작년과 같은 분으로 선출되었다.

운영위원장님의 역할은 회의를 진행하고, 안건의 통과 여부를 결정한다.

부위원장님은 남은 기존 위원 1분이 되었다. 부위원장님의 역할은 운영위원장 부재 시 대리하여 업무를 맡는다.

회의가 시작되었다. 안건은 16건이 되었지만, 대부분 이의사항이나 질문이 없어 시간은 오래 걸리지 않았다.

신규 학교운영위원 연수

엄청난 양의 운영위원회

내일은 운영위원회가 있는 날이다.

다행히 어제 잠깐 출근해서 운영위원회 자료를 출력해서 오늘은 업무하기가 수월하였다.

이번 운영위원회 자료는 1부에 100페이지 된다. 교육과정, 방과 후 학교, 예산(안). 이 3개 안건이 합쳐지면, 그 정도 된다. 게다가 위원이 9명이므로 900페이지가 든다. 종이도 만만치 않게 사용한다.

나는 이 종이가 너무 아깝다.

적극행정

적극행정

공무원이 공공의 이익을 위해 창의성과 전문성을 바탕으로 적극적으로 업무를 처리하는 행위이다.

인사혁신처는 2019년 8월부터 적극행정을 장려하고, 소극행정을 근절하는 공직문화 조성을 위해 적극행정을 제도화한 '적극행정 운영규정'을 제도화하였다.

나는 여기에 한발 앞서 2018년 7월 1일 자로 소규모 학교인 우리 학교의 학생 수를 높이기 위해서 행정실에서 할 수 있는 일이 무엇인가를 고민했다.

그 결과 얻은 답이 토론이 있는 행정실 회의를 통해 업무 노하우 공유, 업무 개선 아이디어 협의를 진행하는 것이었다.

누구나 할 수 있는 행정실 업무를 통해 예비 교육행정직 공무원, 신규 교육행정직 공무원이 행정실 업무에 대해서 손쉽게 익힐 수 있도록 하였고, 행정실 자체공사에 대해서 카카오채널을 통해 공개함으로써 학부모가 학교에 방문하지 않도록 학교공사 현황에 대해서 알 수 있도록 하였다.

그리고 보통 행정실에서 하지 않는 평생교육 업무도 해 보았다. 평생교육 업무는 행정실 업무와는 전혀 관련이 없는 업무이다.

행정실 업무는 재정과 시설이다. 그런데 추진하는 이유는 우리 지역이 인근에 학원이나 평생교육시설이 없어 그 시설을 방문하기 위해서는 버스 타고 좀 나가야 한다.

그래서 학교 차원에서 지원을 하고자 추진하게 되었다. 소규모 학교이기 때문에 현재도 교육공무원 1인당 업무가 많기 때문에 이 업무를 교육공무원에게 맡길 수는 없었다.

대신 내가 있을 동안만 맡기로 하고, 내가 떠나게 되면, 교무실로 업무를 이관하기로 했다.

그리고 이러한 도전에 대해서 교육연구정보원에 현장연구를 제안하였고, 선정이 되어 현장연구도 같이 진행하게 되었다.

교감 선생님과의 인터뷰

연구에 앞서 교감 선생님과 인터뷰를 했다. 소규모 학교 행정실의 적극행정에 대한 의견수렴을 하기 위해서이다. 교감 선생님은 소규모 학교가 이번이 처음이 아니었다. 그때는 교감 선생님이 아니었지만, 소규모 학교의 근무 경험이 있었다. 그래서 소규모 학교의 어려움을 잘 알고 있었다. 특히 행정실에서 집행하는 소규모 보수비, 공공요금 등 운영비에 대해서 소규모 학교가 비용이 더 필요하다는 것을 알고 있었다.

그리고 소규모 학교의 학생 이야기를 하나 해 주었다. 근무했던 소규모 학교가 폐교가 되었고, 그 학생은 다른 초등학교에 다니다 중학교로 진학했는데, 그 학교도 폐교가 된 것이다. 교감 선생님은 그렇게 찾아온 학생에게 특별히 해 줄 수 있는 것이 없다는 점을 무척 안타까워하셨다. 나도 눈물이 날 뻔했다.

적극행정 로고제작

우리의 프로젝트를 홍보할 수 있는 로고가 필요해서 제작을 의뢰하였다.

우리를 잘 나타낼 수 있는 이미지로 의뢰하였다. 먼저 우리의 의지를 보여 줄 수 있는 횃불을 생각했고, 함께 어울릴 수 있는 이미지였으면 좋겠다고 전달했다.

이 두 가지를 업체에 의뢰했고, 업체에서는 우리 마음에 딱 맞는 이미지를 만들어 냈다. 가운데 횃불을 그리고 양옆으로 두 손을 잡는 모양이었다. 우리에게 꼭 필요한 이미지였다.

04. COLOR

전용 색상

컬러는 적극행정 추진단의 주요색상과 보조색상으로 구분되어있다. 이미지를 전달하는 기능을 하므로 일관성된 색상이미지를 사용하는 것이 중요하다.

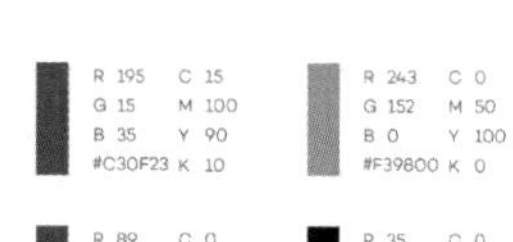

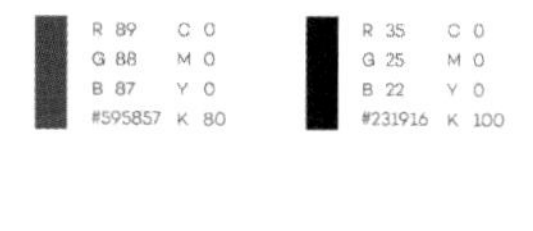

05. GRID

그리드

로고는 적극행정 추진단의 핵심이 되는 시각커뮤니케이션 기본요소로써 대표적 상징물이다. 심볼은 시각적인 이미지의 통일성을 위해 형태와 색상을 사용함에 있어 임의로 변형하여 적용하면 절대 안되며 본 사용규정에 의해 정확하게 표현되도록 각별한 주의가 필요하다. 심볼의 재현시에는 반드시 컴퓨터의 출력방식을 원칙으로 하나 슈퍼그래픽이나 사인류 등 적용 매체의 크기 및 특성에 의해 컴퓨터데이터의 원고출력이 불가능할 경우 제시된 그리드시스템에 의해 제작되어야 한다.

'누구나 할 수 있는 행정실 업무' 리플릿의 시작

행정실은 외부인에게 잘 알려져 있지 않다. 게다가 미디어에서는 항상 악역으로만 나온다. 그래서 행정실에 대해서 잘 모르거나, 잘못 알고 있는 사람이 많다.

지방교육행정직으로 공개채용 시험에 합격하면 행정실에 근무하게 된다. 하지만, 행정실의 열악한 환경으로 인해 많은 사람들이 그만둔다. 가장 많은 이유가 3명이서 예산, 재산, 시설, 운영위원회, 징수, 지출 등 많은 업무를 추진하기 때문이다. 그리고 타 직종 간의 급여 차이도 있다.

그래서 외부 사람들이 행정실에 대해서 잘 알 수 있도록 리플릿을 제작하기로 했다. 행정실 업무에 대한 리플릿 제작을 하기 위해 계획서를 수립했다. 이 리플릿에는 행정실 업무에 대한 전반적

인 순서도를 담았다.

행정실 직원들과 상의해서 품의부터 시작해서, 지출, 계약, 예산, 급여, 수납, 사용 허가, 공사 등 모든 분야를 담기로 했다.

'누구나 할 수 있는 행정실 업무' 리플릿 최종(안)

리플릿 최종안을 확정 지었다.

총 8차례의 수정을 하였다.

디자인이 내 마음에 꼭 들었다.

이제 리플릿이 오면, 교직원에게 배포하고, 노량진에 배포하고, 신규공무원 멘토링 멤버들에게 배포하고, 그리고 각종 모임이 있을 때도 배포하고, 지인들에게 배포하기로 하였다.

누구나 쉽게 알 수 있는 행정실 업무 리플릿

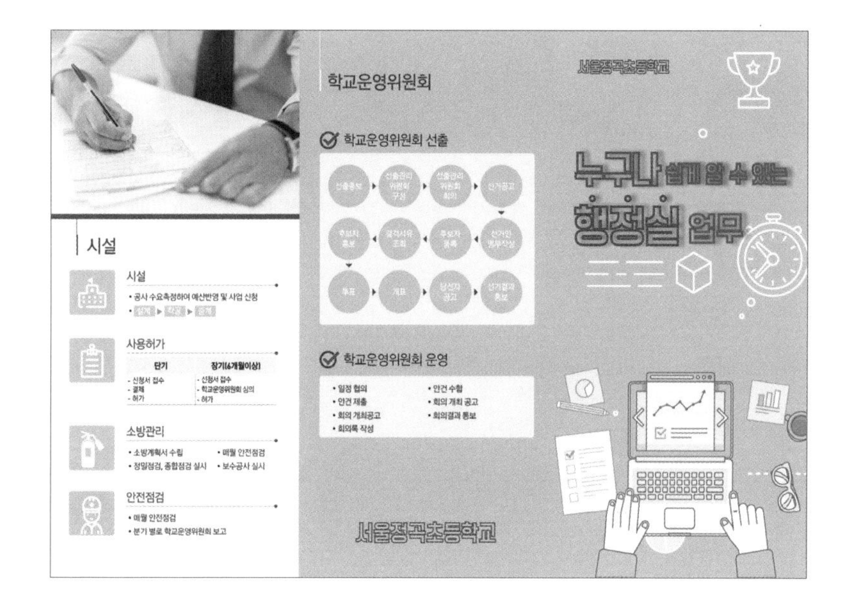

재정
예산
• 학교회계 예산편성 기본지침 시달
• 예산교육, 예산요구서 수합
• 기본운영비 및 기타사업비 교부 및 예산조정회의
• 예산(안) 편성 및 예산(안) 확정
• 예결산소위원회 및 학교운영위원회 심의
• 홈페이지, 가정통신문을 통해 공개
징수
• 교부계획 공문 접수
• 성립전예산 결재
• 징수결의서 결재, 통장확인, 수입일계표 결재
품의작성
• 제목작성
• 내용작성 : 건명, 목적, 내용, 금액, 산출내역
• 예산선택, 내역작성, 결재요청
계약방법 결정
1인 수의계약
(추정가격 2천만원 이하, 물품은 1천만원 이하)
2인 수의견적 제출공고
(추정가격 2천만원 이상, 물품은 1천만원 이상)
- 계약방법결정
- 계약서 작성
- 공고문 작성
(G2B, S2B, EAT)
- 낙찰자 결정, 계약서 작성
계약서 작성
• 제목작성
• 내용작성 : 건명, 목적, 내용, 금액, 산출내역
• 예산선택, 내역작성, 결재요청
지출원인행위
• 납품입력, 거래처 입력, 사업자등록번호, 통장번호, 부가가치세 확인, 이체방법 선정, 결재요청
지출결의
• 검수확인
• 지출원인행위 내용 확인, 결재요청
• 이체, 지급명령 등록
결산
• 월 마감
• 이월확정, 불용액 처리, 잉여금 확정, 결산 확정
• 예결산소위원회 및 학교운영위원회 제출 및 심의
• 홈페이지, 가정통신문을 통해 공개
교육공무직원 (정원관리외, 대체) 채용
• 채용계획 수립
• 채용공고,
• 서류 및 면접전형 기준 수립
• 면접
• 성범죄 및 아동학대 전력 조회
• 채용
급여보고
• 급여기본사항정보(가족수당, 자녀학비수당, 각종수당, 공제 관리, 초과근무수당, 교직원공제회)
• 기초자료생성, 대상자 생성, 월급여 일괄작업
• 자료파일 생성, 실적이력 생성
4대보험 신고
• 신고시스템 : EDI
• 계약보험 선택, 인적사항 기재, 소득월액, 취득일, 피부양자 등록, 계약직 여부, 근로시간, 대상자등록 저장송신
교육공무직원 근무성적평정
• 7월, 2월 평가
• 평가 및 의견제출
• 결과보고
물품등재
• 검수자산대장목록에서 해당 사항 대장반영
• 물품취득대장목록에서 해당 실 반영 후 결재요청
물품처분
• 불용신청관리에서 해당사항 결재요청
• 소요조회 결재요청
• 물품처분관리에서 해당사항 결재요청

노량진에 '누구나 할 수 있는 행정실 업무' 리플릿 배포

먼저 이 리플릿을 역사에 배포하기 위해 지하철에 연락을 해 보았지만, 여건이 쉽지 않았다.

두 번째로 주요 학원에 연락을 해 보았지만, 그것도 쉽지 않았다.

이제 남은 방법은 실제 방문해서 배포 허가를 받고, 길거리에서 배포하는 방법이다.

그래서 인근 고등학교 계장을 섭외했다. 그분 덕분에 학원 허가를 맡아 비치하도록 허가를 받았고, 더 많은 양을 달라는 요청까지 받아, 등기로 보내 주었다.

그리고 길거리에도 배포하였다.

노량진 배포

카카오채널을 개설하다!

행정실 이미지를 개선하고, 소식을 전파하기 위해서 우리 학교 행정실 카카오플러스를 개설했다. 사실, 행정실은 공사도 하고, 학부모부담수입을 걷고, 재정, 운영위원회, 시설 등 다양한 업무를 하지만, 학부모가 이 소식을 접하기는 쉽지 않다.

홈페이지에도 나와 있고, 전화를 할 수는 있지만, 홈페이지 어디에 가면 알 수 있을지, 어디에 가면 볼 수 있는지, 어떻게 검색을 해야 하는지 학부모님은 찾기가 어렵다.

그래서 우리 학교 행정실에서는 학부모님의 부담을 감소시키기 위해서 카카오플러스 어플을 이용하기로 했다. 서비스 신청을 하고, 가정통신문을 배부했다.

총 30명이 가입했다. 우리 학교 학생 수가 260명, 이 중에 학부모가 반이면, 23%가 가입한 셈이다.

카카오플러스 사진

SKT 100% 오후 2:23
홈
서울정곡초등학교 행정실
서울정곡초등학교 행정실입니다.
+ 버튼 만들기
관리
카카오톡 친구 30명
2019.04.18 18:56
서울정곡초등학교
서울정곡초등학교 행정실입니다
좋아요 1 · 댓글 0 · 공유 0
홈
채팅
메시지
통계

첫 카카오채널
메시지를 보내다!

오늘은 첫 카카오플러스 메시지를 보냈다.

메시지 내용은 평생학습실 설치공사였다.

악플이 달리지 않을까, 항의는 하지 않을까, 불만은 있지 않을까, 많은 걱정을 했다.

하지만, '좋아요'도 눌러 주고, 조회도 해 주고, 많은 관심을 가져 주었다.

평생교실 설치공사 메시지

첫 전국 혁신학교 행정실장 연수를 실시하다!

혁신학교 행정실장 연수 날이다. 전국단위 혁신학교 행정실장 연수는 처음이다.

사회자가 강의 시작에 앞서 이 워크숍을 시작하게 된 계기를 말해 주었다.

일반직 공무원이 "나도 혁신의 주체가 되고 싶다"라는 한마디였다고 한다. 나뿐 아니라 여러 사람이 혁신하고 싶다는 기조에 동의하는 것 같아서 기분이 좋았다.

첫 번째 수업은 혁신학교의 이해였다. 혁신학교의 방향, 미래학교의 방향에 대해서 강의하였다. 편견, 선입견을 깰 수 있는 기회가 되어서 좋았다.

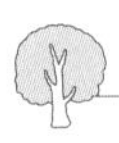

두 번째 수업은 여러 가지 이야기를 할 수 있는 수업이었다. 먼저 포스트잇에 혁신학교의 좋은 점과 나쁜 점을 적고 그중 가장 좋은 주제를 선정해서 전지에 교육부, 교육청, 학교, 행정실의 역할에 대해서 다시 포스트잇을 붙이는 거였다.

이번 연수는 다른 지방 사람들과 다양한 상황과 다양한 이야기를 하여서 좋았다.

한결같이 힘든 상황에서 힘들게 일을 하고 있었다. 그리고 처우 개선을 이야기하고 있었다. 업무를 피하거나 소극적으로 업무 처리를 하는 사람은 없었다. 그런 모습이 보기 좋았다.

많은 조들이 지방공무원 처우 개선을 주제로 삼았다. 나도 많은 아이디어를 냈다. 행정실장 초빙제, 정원가산, 행정실 회의 등을 이야기했다.

둘째 날 연수는 조별로 돌아다니고 조 2명은 작성한 자료를 설명해 주는 역할을 했다.

세 번째 강의는 대학교 사무국장님이 연수를 했다. 외국은 선생님은 수업만 하고, 행정실은 모든 행정업무를 한다고 하였다. 대신 행정실이 크다고 하였다. 초, 중, 고도 그리해야 한다고 하였다.

대신 그건 정부가 해야 할 일이라고 하였다. 우리에게 업무만 할 게 아니고, 사람을 주고 업무를 주면 우리도 못 할 일은 없다고 생각한다.

혁신학교 행정실장 연수

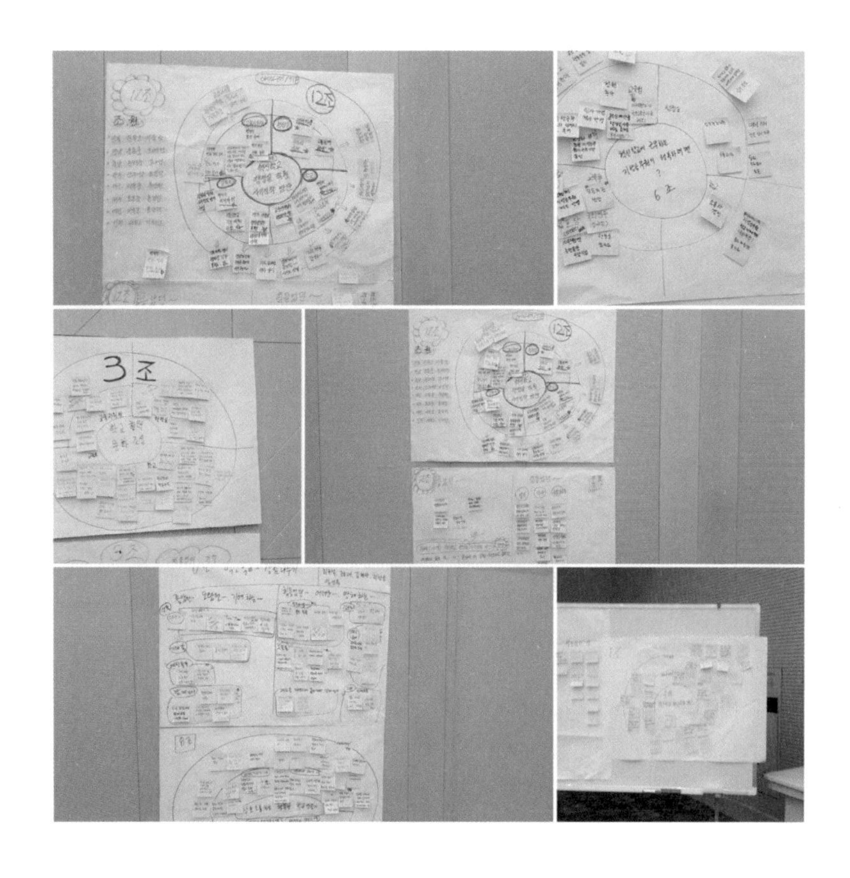

행정실 사기증진을 위한 프로그램

오늘은 행정실 직원들이 무엇을 원하는지, 행정실장에게 바라는 바가 무엇인지 알기 위해서 연수를 진행했다.

방법은 내가 전국 첫 혁신학교 행정실장 연수 때 사용했던 퍼실리데이터, 주제는 직원들의 요구사항, 행정실장에게 바라는 바를 포스트잇에 붙이면 된다.

나는 포스트잇에 부착된 내용을 바탕으로 행정실 분위기를 꾸며 보려 하였다. 나는 포상, 승진 이런 것들이 나올 줄 알았으나, 빠른 결재, 결재 시간, 밝은 분위기, 유머감각 이런 것이 나왔다.

그래서 앞으로 이 부분에 대해서 직원들과 보완하며, 업무를 추진하기로 했다.

행정실 연수

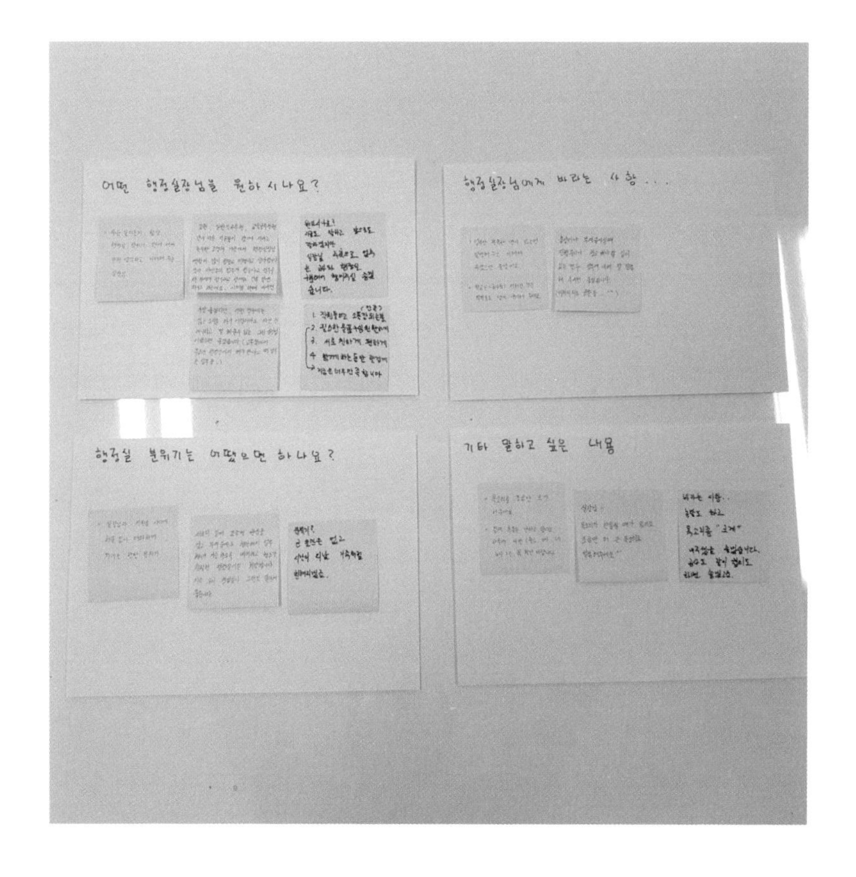

현장연구
자문위원 위촉

교육연구정보원에서 1년마다 현장연구를 공모한다. 나는 여기에 행정실 적극행정에 대해서 제안하였고, 선정이 되었다.

현장연구를 자문해 줄 위원을 위촉해야 하는데, 다행히 같이 연구하는 사람 중에 파견연수 때 연구교수를 안다며 추천해 주었다. 그분에게 의사를 물었고, 흔쾌히 승낙해 주었다.

오늘은 현장연구 자문위원에게 사업설명을 하는 날이다. 만든 PPT를 출력하고, 연구보고서도 출력했다. 사업설명회는 내가 각 사업에 대해서 설명하고, 자문위원이 질문했다. 자문위원이 물어보는 질문에서 정독을 했다는 것을 알 수 있었다. 역시 높으신 분은 다르다. 짧은 시간 안에 많은 것을 알 수 있는 건 아무나 할 수 있는 능력이 아니다.

자문위원에게 사업설명

현장연구 1차 보고회

우리가 추진하고 있는 적극행정 추진단 연구보고회를 했다.

추진단 위주의 보고회였다. 외부에서는 참석들이 힘들다고 하여 연기하였다. 다음 주 수요일에 어차피 다른 선생님 한 분도 오신다고 하셔서 그때 한 번 더 하기로 하였다.

보고회는 순탄하게 끝났다. 끄덕끄덕거리는 사람도 있었고, 지루해하는 사람도 있었지만, 반발 없이 잘 끝났다.

1차 보고회

현장연구
2차 보고회

1차 보고회에서 나온 지적사항 중 PPT 사진 문제점과 대책에 대한 내용이 없다는 지적을 받아 수정해서 2차 보고회에 보완하여, 2차 보고회를 열었다.

사실상 최종 보고회였고, 1차 보고회에서 지적된 사항에 대해서 적극적으로 반영됐다는 평가를 받았다.

적극행정의 본고장을 가다!

적극행정을 같이 연구했던 사람들과 같이 연수를 가기로 했다.

다산 정약용이 생각났다. 다산 정약용은 조선시대 각종 개혁사상을 통해 조선시대 변화에 기여한 인물이기 때문에 우리가 하는 적극행정과 맞아 떨어지는 인물이라고 생각했다.

그래서 다산 정약용 유적지를 연수 장소로 정했다. 거기서 정약용의 발명품, 서적을 보면서 개혁에 대해서 다시 생각하게 됐다.

다산 정약용 유적지

행정실 만족도 조사

올해 우리가 추진한 적극행정 사업에 대해서 행정실 만족도 조사를 하였다.

운동장 환경개선공사는 74%, 평생교실과 카카오채널 만족도는 100%였다. 행정실 전체 만족도는 92%였다. 운동장 환경개선공사와 행정실 전체 만족도는 기대했던 정도였으나,

평생교실과 카카오채널 만족도는 너무 많이 높았다. 아마 평생교실은 우리 학교에서 처음 하는 사업이기도 하고, 학부모의 심리를 치료하는 사업은 많지 않기 때문인 것 같고, 카카오채널은 다른 학교에서 시도하지 않은 사업이기 때문에 만족도가 높게 나타난 것 같다.

적극행정 브로슈어 제작

우리의 활동을 마치고 보니, 우리의 활동에 대해 기록을 남기기로 했다. 리플릿으로 하기에는 너무 작아 브로슈어를 제작하기로 했다.

브로슈어란 보통 4페이지 이상의 출판물로써 기관, 정책, 제품을 홍보할 때 사용되는 책자를 말한다.

우리는 우리가 추진했던 사업을 안내하고 사진을 기재하여 우리의 활동을 출판물로써 제작했다.

우리를 잘 나타낼 수 있는 이미지로 의뢰하였다. 먼저 우리의 의지를 보여 줄 수 있는 횃불을 생각했고, 함께 어울릴 수 있는 이미지였으면 좋겠다고 전달했다.

이 두 가지를 업체에 의뢰했고, 업체에서는 우리 마음에 딱 맞는 이미지를 만들어 냈다. 가운데 횃불을 그리고 양옆으로 두 손을 잡는 모양이었다. 우리에게 꼭 필요한 이미지였다.

토론이 있는 행정실 회의

- 월1회 정기회의를 개최하여 업무추진사항과 업무개선사항 협의
- 서울특별시교육청 주요 정책현안 토론

학교운영위원회 활성화

- 사회관계망서비스를 통해서 학교운영위원회와 소통
- 신규위원과 기존위원간 역량차이를 극복하기 위해서 자체 연수

행정실 업무 리플릿 제작

- 예비공무원, 행정실 비근무자를 위한 행정실업무 안내용 리플릿 제작
- 행정실 전체 업무에 대한 순서를 게재
- 예산, 계약, 집행, 급여, 물품, 시설에 대한 업무내용 게재
- 교직원, 예비공무원, 신규공무원, 노량진 학원가에 배포

행정실 만족도 조사

- 행정실 업무에 대한 의견수렴을 위해서 만족도 조사실시
- 교직원의 행정실 업무에 대해 NEEDS 파악
- 만족도 92%, 만족사유 : 회계 57%, 시설 : 26% 기타 : 17%

서울청곡초등학교 행정실 운영에 관한 설문조사

[illegible]

현장연구
발표

현장연구 발표 날이다. 엄청 긴장이 된다.

대학원 때 수도 없이 프레젠테이션을 하고, 교육지원청에서도 틈틈이 연수를 진행하였지만, 매번 울렁증과 떨림을 해결할 수가 없다. 게다가 오늘은 선배님들도 계시고, 교감 선생님, 교장 선생님들이 많이 포진되어 있다. 질문이 많이 쏟아질 것 같다.

우리 학교 교감 선생님도 다른 현장연구팀에 속해 있어서 같이 가려고 했으나, 동대문디자인플라자 출장이 있어서 별도로 출발하였다.

다른 분은 일정이 있어서 못 가고, 우리 학교에서는 나와 직원 한 분이 같이 가기로 하였다. 그리고 전 직원이었던 한 분도 차를 가지고 오신다고 하여서 같이 가기로 하였다. 나는 가는 내내 발표자료를 가지고, 계속 준비하였다.

한 시간이 걸려서 장소에 도착하였다. 원형 테이블인 줄 알았는데, 직사각형 테이블이었다. 그리고 중간에 도망가기 어려운 인테리어였다.

원래는 내 차례가 끝나면 학교에 회식이 잡혀 있어서 거기에 가려고 했으나, 포기하였다.

나는 두 번째 발표 차례였다.

예상했던 대로 질문이 많이 쏟아졌고, 연구책임자도 질문을 유도하여 질문이 많았지만, 다행히도 답변하기 어려운 질문은 없었다.

모두가 긍정적인 답변이었다. 하지만 발표가 끝나고 너무 긴장한 탓인지 머리가 어지러웠고, 쓰러질 것 같았다.

다행히 거의 집에 거의 도착해서 상태가 호전되었다.

현장연구 발표회

현장연구
정산서 제출

현장연구비 정산서를 제출하는 날이다.

원래는 지난주 금요일이 제출하는 날이지만, 하루 늦었다. 너무 바빠서 결재를 받을 수 있는 틈이 없었다. 그래서 오늘 결재를 받았다.

담당 장학사가 정산서를 보고 환수해야 한다고 할까 봐 걱정이 된다.

교장 선생님께 정산서를 미리 보여 드리고 결재를 맡았다. 인쇄비 비중이 많은 것을 지적하셨다. 다음번에 추진할 때는 강사를 초빙하여 강의도 받을 수 있는 프로그램을 넣는 것도 좋겠다고 하셨다.

그렇게 결재를 받고, 교육정책연구소로 발송하였다.

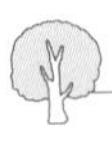

올해의 마지막 날

내일이 연가라 사실상 오늘이 올해 마지막 근무 날이다. 그리고 석면 때문에 방학식과 개학을 늦춰 방학식을 1월 9일, 개학을 3월 2일에 하기로 하였다.

유치원은 오늘 졸업이다. 그래서 석면 공사를 위한 준비, 예산편성 준비, 그리고 내년도에 바뀔 시스템 준비로 바쁜 시간을 보냈다. 게다가 시스템도 느려서 더욱 바빴다.

그리고 교육공무직원 근무희망조서도 제출하고, 평생학습 신청서도 제출하고, 돌봄교실 공사 회의도 하였다. 엄청 바쁜 시간이었다.

교직원이 모두 함께하는 교직원 회의에서 표창장 전수식도 하고, 제비뽑기를 통해서 선물을 받았다. 나는 레몬차를 받았다.

마지막으로 유치원 회식에 참여하여 마무리를 하였다.

이것으로 2019년 행정실장의 일기를 마친다.

1년 동안 지루하지 않은 행정실장의 업무를 하기 위해서 적극행정 연구를 한 것이 올해 비중이 많이 차지한다.

가장 큰 것은 평생학습, 리플릿과 브로슈어, 로고제작, 정약용 유적지 등이 가장 효과가 있었고, 기억에 남는다. 내년에는 여기에 덧붙여서 더 나은 적극행정이 되기 위해서 더 많은 추진을 할 것이다.

신규공무원 멘토링

학교만큼 신규 지방공무원이 힘든 직종도 없을 것이다.

한 학교에 지방공무원이 3명 있다 보니, 애로사항을 토로할 곳도 많이 없고, 신규발령 나면 가장 월급이 적은데, 급여업무 하다 보니 상대적 박탈감은 더 하다.

그래서 교육청에서는 신규공무원의 적응력 향상을 위해서 매년 선배공무원을 필두로 팀을 구성하여 신규공무원을 지원하고 있다.

멘토링 프로그램을 통해서 어려운 업무도 해결하고, 상처받은 마음도 해결하고 있다.

신규공무원 멘토링에 참여하다!

출근을 하고, 업무를 보다가 멘토링 결연식에 참석하였다.

조금 늦게 도착을 했다. 도착하니 결연식 선서문 낭독자로 지정되어 있었다.

어려운 건 없고 낭독문을 읽으면 되었다.

다음은 멘토링 제도에 대해서 설명을 해 주고, 자기소개를 한 후 자체 회의를 시작하였다.

점심식사를 하고, 각자 학교로 다시 돌아갔다.

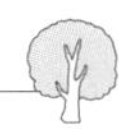

첫 멘토링 회의

이번 주는 바쁜 한 주다.

월요일은 멘토링 회의, 화요일은 행정실과 실무사 연수, 목요일은 교육지원청 연수, 오늘은 멘토링 회의 날이다.

멘토링 회의는 후배들이 물어보면 답을 해 주고, 해결방법을 제시해 주고, 대안을 마련해 주는 방법으로 진행됐다. 그리고 앞으로 인사발령에 대해서 조언도 해 주었다.

성별에 따라 관심사가 다르기 때문에 한 팀이었지만, 남자는 남자대로 여자는 여자대로 이야기가 주로 이루어졌다. 그래서 다음부터는 한 달은 나눠서, 한 달은 다 같이 모이기로 했다.

멘토링 1차 회의

마지막
멘토링

이번 멘토링 테마는 힐링으로 선정했기 때문에 특별한 게 없었다.

그래서 마지막 프로그램은 그림책을 통해서 힐링할 수 있는 프로그램을 만들고자 그림책 평생교육 강사님에게 제안하였고, 흔쾌히 승낙하였다. 2시간으로 진행했다. 중간에 가 보니 꽤 적극적으로 프로그램에 임하고 있었다.

강사님도 교육 기부임에도 불구하고 많은 재료와 강의내용을 준비해 오셔서 모두가 행복한 연수가 되었다. 작품이나 발표내용은 주로 쉼이 많았다.

그만큼 쉼에 대한 열망이 많은 신규들이었다. 나조차도 신규 때만 해도 정신없이 이리저리 치이느라 힘들었다. 쉬고 싶어도 하루

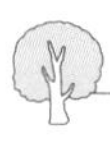

쉬면 쉬는 것의 배가 되어 감당 못 할 야근 때문에 제대로 쉬지 못했다. 휴식이 많이 필요할 것이다.

마지막 멘토링 활동이 끝나고 같이 점심을 먹었다. 그림책 평생교육 시간이 한 시간이라서 많이 아쉬워했다. 다음번에는 차수를 늘리는 방안을 생각해 봐야겠다.

멘토링 평생교육

평 생 교 육

평생교육은 유아에서 노년에 이르기까지 평생에 걸친 교육을 말한다. 학교교육과 사회교육을 동시에 포괄하는 개념이다.

나는 학교교육을 졸업하고, 성인 이후부터 공부를 시작했기 때문에 평생교육을 접근하는 자세가 남다르다.

공무원 시험공부, 한국방송통신대학교, 교육대학원에서 계속 공부를 했기 때문에 평생교육에 대해 공감하는 부분이 많다.

지방자치단체에서도 평생교육을 하고 있다. 자치구에서 운영하는 평생교육이 많다. 재정도 자치구가 더 많아 당연히 더 적극적이다.

학교에서도 평생교육을 한다. 우리 학교에서는 먼저 그림책 평생교육을 진행하고, 추후에 동화구연 평생교육을 유치하였다.

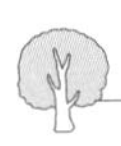

평생교육을 시작하다!

작년에 학부모회를 중심으로 평생교육 공감대를 얻어 올해 평생교육 프로그램에 선정되어 예산이 교부됐다.

이제 4월이 되어 평생교육을 시작할 때가 됐다.

평생교육 소위원회를 열어 수강생 및 강사 선정 기준을 수립하고, 수강생을 모으고, 강사를 선정해서 프로그램을 진행하면 된다.

새로운 일을 하게 되어 긴장되고, 설레고, 기쁘다.

평생교육 소위원회 회의를 하다!

학교 평생교육 소위원회 회의준비를 했다.

프로그램명부터 짓기로 했다.

프로그램명은 '우리 아이 학습과 인성을 높여 주는 그림책 큐레이터'로 정하였다.

강사 선정 기준과 수강자 선정 기준을 선정하고, 회의를 마쳤다.

평생교육 강사 원서 접수와 수강생 접수를 받다!

평생교실 강사 신청 접수와 평생교실 수강생 신청 접수를 받고 있다.

접수 인원이 너무 적어 독려 문자를 보냈다. 다음 주 수요일까지 추가 접수를 하기로 했다.

강사는 총 3명 접수했다. 이 중 1명은 못 온다고 해서 2명만 면접을 진행하기로 했다.

다음 주에 강사가 채용되고, 공사가 마무리되면 평생학습을 위한 준비도 끝나 간다.

기대와는 전혀 다른 수강생 접수

평생교육 신청서는 예상과 달리 너무 적었다.

예상대로라면, 너무 많아서 그중에 선별해야 될 줄 알았다. 나의 착각이었다.

홍보의 부족인가, 적합하지 않은 주제인가.

우선은 추진해 보기로 하였다.

사업을 추진할 수 있는 최소 인원은 확보했다.

평생교육 연구계획서를 보완하다!

교장 선생님이 평생학습 강사 연구계획서에 대해 많이 아쉬워해서 연구계획서에 독서를 이용한 만들기 과정을 중간중간 넣어달라고 요청하고 퇴근했다.

월요일에 보내 주기로 했다. 기대된다.

두 가지 안을 가지고 학부모님과 의견을 나눌 생각이다. 다음 주에는 빔 프로젝터를 설치하고, 컴퓨터도 설치해서 평생교실을 끝낼 생각이다.

빨리 첫 수업을 보고 싶다. 기대가 된다.

평생교실 공사 전

평생교실 공사 후

평생교실 공사 완료!

오늘 드디어 평생교실 리모델링이 끝나는 날이다.

마지막 작업인 정보화 작업이 마무리되기 때문이다.

빔 프로젝터를 설치하고, 전동스크린을 설치하고, 컴퓨터를 설치하면 끝이다.

빔 프로젝터도 시험해 봤는데, 반응속도도 빠르고 좋았다.

만족스럽다.

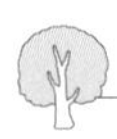

기대했던 평생교실을 개강하다!

드디어 평생교실 개강식이다.

가볍게 교장 선생님 인사 말씀과 담당자 안내로 개강식을 마쳤다.

외부 인사는 초청하지 않았다.

시범 작동할 때는 잘 작동했던 빔 프로젝터가 말썽을 피웠다. 전산 유지보수업체에서 오후에 살펴보기로 했다.

그래도 수업은 잘 진행됐다. 첫 수업의 교재는 《세상의 발견》이라는 책이었는데, 책이 핑크빛으로 물들었고, 힐링이 되는 책이라고 하였다.

나머지 시간에는 자화상 그려보기를 하는 것으로 나는 사무실로 돌아왔다.

평생학습 시간에 사용한 책을 곧바로 교보문고에서 주문을 했다. 다녀오니 교장 선생님께서 고생했다며 다독여 주었다.

인정받은 기분이 들어 좋았다.

평생교육
컨설팅을 받다!

평생교육 컨설팅이 있는 날이다.

평생교육 추진에 관해서 매년 교육지원청의 컨설팅을 받아야 한다.

교육지원청에서는 관련 서류를 검토도 하고, 수업과정을 지켜보았다.

만족도 설문조사도 했는데, 불만족이 약간 나왔다. 소통 부족으로 인한 불만족이다.

앞으로는 평생교육 수강생들에 대한 카카오톡 그룹을 만들어서 의견을 듣는 기회를 가져야겠다.

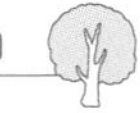

평생교육 컨설팅

새로이 평생교육 프로그램을 유치하다!

교육청에서 추가 평생교육 프로그램을 공모했다.

학조부모 대상 평생교육이다.

최근 조부모도 자녀를 돌봄 하는 사례가 많아져 조부모와 손자녀의 소통할 수 있는 길을 열어 주기 위해서 만들어졌다.

나는 당연히 응모했고, 선정되어 추진할 수 있게 되었다.

그림책과 동화구연이 어우러진다면, 학조부모, 지역주민에게 더없이 좋은 기회가 될 것이다.

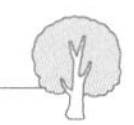

강사 및 수강생을 모집하다!

먼저 강사를 모집했다.

아무도 응모를 하지 않아서 걱정됐다.

다행히 마지막에 한 명 접수했다.

면접도 봤지만, 꽤 능력 있는 강사 같았다.

수강생도 모집했다.

이제 수업만 시작하면 된다.

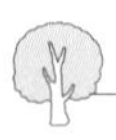

학조부모를 위한
평생교육을 시작하다!

학조부모를 위한 평생교육 강의 첫날이다.

신청했던 사람보다 많은 참석자가 왔다.

신청하지 않은 참석자는 행정실로 와서 신청서를 작성해 달라고 했다. 수강생들도 수강시간보다 먼저 도착했다.

시스템 체크하고 이상이 없는 것을 확인하고, 교장 선생님을 모셔 왔다. 교장 선생님께서 인사 말씀을 하시고, 내가 사업에 대해 설명하고, 교육을 시작했다.

학조부모 평생교실 수업

학조부모 대상 평생교육 수강생이 급증하다!

학조부모를 위한 동화구연 평생교육 두 번째 날이다.

수강생이 16명으로 늘어났다. 이렇게 가다간 20명이 증가될 거 같아 20명으로 신청자 수를 제한했다.

당장 예산도 교부 안 됐는데, 간식비가 부족했다.

담당 부서에 이야기했다.

다음 주에는 교부될 것 같았다.

11시에 잠깐 들어가 보니 20명 수로 제한한 걸 잘했다고 생각했다. 자리가 조금 더 받으면 부족할 듯싶었다.

평생교육 수강생과의 인터뷰!

오늘 동화구연 평생교육 프로그램에서는 모자를 만들고 있었다.

모두 재미있어하고 행복한 모습이 너무 보기 좋았다.

그중 현장연구를 위해 인터뷰할 사람을 정하고 잠시 후에 현장연구에 들어갈 인터뷰를 했다.

프로그램과 강사에 대해 너무 만족해하고 있었다.

그림책 평생교육 수료식을 하다!

특별한 문제 없이 두 평생교육을 끝냈고, 먼저 그림책 평생교육 수업이 끝나서 그림책 평생교육 수료식을 하게 되었다.

그림책 평생교육 수료식에 사용할 시나리오를 작성하고, 수료식을 시작하였다.

마지막이라서 그런지 사람들의 표정이 정말 밝았다. 처음 시작만 해도 사람들 표정이 어두웠는데 많이 밝아져서 참 다행이다. 70% 이상 수업을 이수한 자에게 수료증을 교부해 주었다. 10명 중 6명이 되었다. 그리고 교장 선생님, 강사님, 나 이렇게 한 마디 하고 수료식을 마쳤다.

내년에도 그림책 평생교육을 추진한다.

내년에도 더 발전된 프로그램과 더 많은 수강생과 함께 수업을 하였으면 좋겠다.

그림책 평생교육 수료식

동화구연 평생교육 수료식을 하다!

학조부모 동화구연 평생교실 마지막 수업이다.

마지막 수업을 위해서 아침에 빵집에서 샌드위치를 사고, 수료증을 출력하고, 케이스에 담았다.

수업은 만들기 수업을 하고, 소감문을 발표하였다.

모두들 내게 고마워했다.

괜스레 쑥스러웠다.

나도 한마디 했다.

학령인구의 감소로 인해서 우리 학교는 직격탄을 맞았고, 학생과 학부모를 유치하기 위해서 평생교실을 유치하였다고 설명하였다.

대부분의 수강생이 동감하였고, 나의 꿈이 이루어지기를 다 같이 용기를 북돋아 주었다.

이어서 교장 선생님과 교감 선생님을 모시고, 다시 입장했다.

15명이나 되는 이수증을 교부해 드리고, 교장 선생님이 말씀하셨다.

그런 와중에 오늘 만들기 수업한 것을 교장 선생님과 나에게 하나씩 선물해 주었다. 보람이 있고, 행복했다.

이런 보람에서 교육을 하고, 강의를 하는 듯싶다.

동화구연 평생교실 마지막 수업

공영형유치원 컨설팅

올해부터 서울시교육청에서 사립유치원을 매입하여 공립유치원으로 전환하기도 하고, 법인유치원을 공영형 유치원으로 운영하기도 한다.

공영형 유치원이란, 법인유치원을 공립유치원 수준의 행정적이고, 재정적인 지원을 받을 수 있게 하는 유치원이다.

그래서 법인유치원에 다니더라도 공립유치원의 원비만 부담할 수 있게끔 하는 제도이다.

행정 및 재정을 지원해 주는 만큼 관리 감독이 필요하다. 그 관리 감독을 하는 사람들이 컨설팅단이다.

공영형 유치원 컨설팅을 하기 위한 회의를 하다!

서울시교육청에서 공영형 유치원 관리 감독을 하기 위해서 컨설팅단을 모집했고, 회계 경험이 있어 지원하여 선정되었다.

오늘은 서울시교육청에서 공영형 사립유치원 컨설팅 회의 날이다.

공영형 유치원 컨설팅은 해당 유치원에 방문해서 회계 관련 지침, 규정, 방법을 알려 주는 역할이다.

공영형 유치원 컨설팅을 하다!

컨설팅 유치원에 연락을 해서 일정을 잡았다. 다음 주 월요일은 개교기념일이므로 화요일로 약속을 잡았다.

서로 연락처도 공유하고, 어려운 일 있을 때마다 연락하기로 했다.

- 컨설팅 당일 -

8시에 출근해서 40분까지 업무를 보다가 공영형 유치원으로 출발하였다.

버스에서 내리니 벚꽃이 만발해서 기분이 좋았다. 왠지 오늘 출장도 즐겁게 끝날 것만 같은 기분이 들었다.

공영형 유치원에서는 나를 반갑게 맞이해 주었다. 원장님 이하 직원들도 따뜻하게 맞이해 줘서 기분이 좋았다.

나는 먼저 우리 학교에 남아 있는 회계 관련 매뉴얼을 드렸다. 그리고 예산 부분을 살펴보았다. 추가경정예산에 반영될 부분을 성립 전 예산에도 반영하고 추가경정예산에도 중복 반영돼서 삭제해 주었다.

법인유치원은 추가경정예산을 하기 위해서는 운영위원회 자문, 이사회 심의까지 맡아야 최종 예산이 반영되는 구조다.

그래서 심의 하나 받기 위해서는 많은 시간이 걸린다고 하였다.

하나씩 하나씩 알려 드리면서 업무를 보니 시간이 더 소요됐다. 다음 주에 다시 오기로 했다.

다음 주는 지출내역을 보기로 하고 학교로 돌아왔다.

공영형 유치원 컨설팅을 하다! 2

공영형 유치원은 우리와 회계메뉴가 상이하였다.

우리는 물품, 재산, 회계였으나 공영형 유치원은 회계만 해당되었다. 예산, 징수, 지출, 결산만 해당되었다. 그래서 분야가 많지는 않았다.

오늘 공영형 유치원 컨설팅은 지출에 대한 부분이었다. 먼저 용어를 가르쳐 주었다. 사용해야 할 용어, 사용하지 말아야 할 용어. 그리고 날짜 기준도 알려 주었다.

원인행위 날짜 기준, 청구 날짜 기준, 지출 날짜 기준. 사실 이런 것들은 매뉴얼에 없다. 실무를 해야 알 수 있는 것들이다.

에필로그

처음 시작했을 때는 내가 이 도전을 성공할 수 있을지 걱정이 많이 되었다. 시작하고 며칠 지나지 않아 아내에게 보여 주었다.

아내가 수정해야 하는 부분을 말해 주었고, 나는 그 부분을 상기하며 작성했다. 결국 완성은 했지만, 코로나19 등 이 원고에 대해 의심이 들기도 했다.

그러다 주변 사람들이 나의 도전에 용기를 주었고, 다시 추진하였다. 교육지원청에서 변화를 시도했고 성공했다. 그것을 밑받침으로 학교에서도 계속 도전하고 변화를 시도하고 있다.

현실에 안주하지 않고, 계속 변화를 할 수 있는 것은 내가 계속 추진할 수 있도록 원동력을 주는 아내, 같이 일하는 동료들, 정순이 누나, 지환이 형 모두 고맙다.

그리고 현실에 안주하지 않고 나와 같이 변화하려는 직원들. 정말 많이 고맙고, 행복합니다.

소규모 혁신학교
행정실장의 1년

초판 1쇄 발행 2020. 12. 23.

지은이 곽진규
펴낸이 김병호
편집진행 한가연 | **디자인** 최유리
마케팅 민호 | **경영지원** 송세영

펴낸곳 바른북스
등록 2019년 4월 3일 제2019-000040호
주소 서울시 성동구 연무장5길 9-16, 301호 (성수동2가, 블루스톤타워)
대표전화 070-7857-9719 **경영지원** 02-3409-9719 **팩스** 070-7610-9820
이메일 barunbooks21@naver.com **원고투고** barunbooks21@naver.com
홈페이지 www.barunbooks.com **공식 블로그** blog.naver.com/barunbooks7
공식 포스트 post.naver.com/barunbooks7 **페이스북** facebook.com/barunbooks7

· 책값은 뒤표지에 있습니다. **ISBN** 979-11-6545-274-2 03810

· 이 책의 국립중앙도서관 출판시도서목록(CIP)은 서지정보유통지원시스템 홈페이지
(http://seoji.nl.go.kr)와 국가자료공동목록시스템(http://www.nl.go.kr/kolisnet)에서
이용하실 수 있습니다. (CIP제어번호 : 2020052495)
· 파본이나 잘못된 책은 구입하신 곳에서 교환해드립니다.

바른북스는 여러분의 다양한 아이디어와 원고 투고를 설레는 마음으로 기다리고 있습니다.